成長チートで 1
なんでもできるようになったが、
無職だけは
辞められないようです
時野洋輔
イラスト　ちり

ハルワタート
ノルン
イチノジョウ／楠《くすのき》一之丞《いちのすけ》

ジョフレ
エリーズ
マーガレット

楠一之丞／イチノジョウ
楠ミリ

成長チートでなんでもできるようになったが、無職だけは辞められないようです 1

時野洋輔
イラスト　ちり

新紀元社

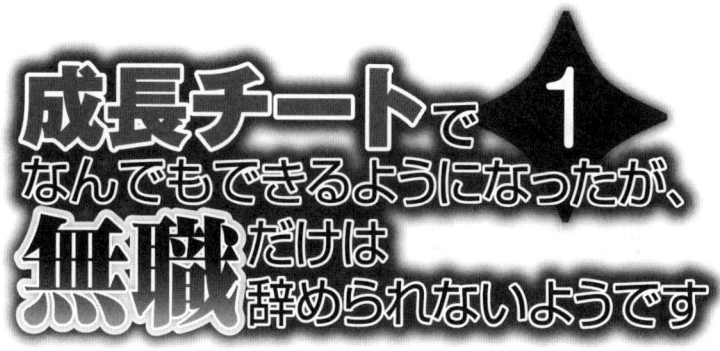

もくじ

プロローグ

妙な感覚が体を襲い、俺は目を覚ました。すると今度は、本当に目を覚ましたのか不安になってきた。目を閉じていたときは黒一色だったはずの世界が、目を開けたら白一色の世界だったから。唯一白に染まっていないのは自分の体だけ、あとはどこを見ても白しかない、いや、なにもない世界だった。

重力を感じないのに、無重力空間のように漂うこともない。目を覚ます前に妙だと思ったのはこれか。

ボーッとした頭で考えた。ここはどこだ？　少なくとも生まれてから日本で過ごした二十年。このような場所を訪れたことは一度もないはずだ。それが、なぜ急にこんなところにいるんだ？　わからない。意識が朦朧としているせいで、ここに来る直前、自分がどこにいたのかもわからない。なにか思い出すきっかけが欲しい。

だが、あるのは白い空間だけで、記憶を刺激するようなものはなにもない。

白？

なにか思い出してきた。

ハシゴのような形の白い線が頭に浮かび上がる。あれは……横断歩道だろうか？

そうだ、俺は交差点の横断歩道を渡っていたんだ！

それを思い出しただけで、一歩前進した気持ちになれた。

だが、まだまだ記憶が曖昧すぎた。

自分の名前ははっきりと覚えている。楠《くすのき》一之丞《いちのすけ》、二十歳。妹とふたり暮らし。現在、絶賛就職難民中——つまりは無職。

着ている服を確認する。リクルートスーツにネクタイに革靴。鞄のような荷物が入りそうなものは、なにも持っていない。スーツを着ているということは、就職の面接試験に向かう途中だったのだろうか?

そこまで考え、ふと、とある情景を思い出した。

ある日の午後、俺は何通もの封の開いた手紙に埋もれながら、スマホに届いた一通のメールを見ていた。

それが決していい内容のメールでなかったのは、いまでもはっきりと覚えている。

それは、お祈りメールだったから。


駅から徒歩五分という好条件の立地に建っているファミリータイプのタワーマンションの、三階の一室に俺はいた。

四十七階建てのタワーマンションにもかかわらず、三階という低層階のせいで景色はあまりよくないが、兄妹ふたりで暮らすには過ぎた広さの部屋だった。

そんな自宅のリビングのテーブルの上に、封の開いた封筒の束が積み重なり、スマホのメールの受信ＢＯＸも、それに関連したメールで埋め尽くされていた。

「ミリ。兄ちゃん、神にでもなったような気分だよ」

今日届いた郵便物とメールを見て、俺はそんな愚痴を、中学生になったばかりの妹であるミリに告げた。

楠ミリ。カタカナでミリ。それが妹の名前だ。

ちなみに、どうして俺が神になったような気分なのか？

その理由を聞かれたら、日本中の人から祈られているから、としか答えようがない。もう本当に祈られすぎて、ご利益《りやく》を与えたいくらいだ。

「あぁ、今日も来たんだね」

身内贔屓を除いても、俺の妹とは思えないほど可愛い。だが残念ながら実妹であるミリは、牛乳を飲み終えると、茶色く染めたツインテールの髪をいじりながら茶化すように言った。

「いつもの、お祈りメール」

ミリは口の周りに付いた牛乳を舌で舐めてこすり取り、残りの牛乳を冷蔵庫にしまう。「年頃の娘が牛乳パックから直飲みするな」とか言う気力もなく、妹のその言葉に俺は項垂《うなだ》れてしまった。

お祈りメールとは、いわゆる、

『残念ながら今回はご希望に沿えない結果となりました。楠一之丞様の今後のご活躍を心からお祈り申し上げます』

という就職の不採用通知のことをいう。不採用通知には必ず「お祈りいたします」といった文言が入っているからお祈りメール。なんともわかりやすい皮肉だ。

「いいじゃん、就職なんてできなくても。おにい、お金いっぱい持っているじゃない」

ミリは少し茶色がかった黒い瞳、つまりは典型的な日本人の持つ瞳をこちらに向け、楽観的なことを言ってきた。

「これは俺の金じゃねぇよ。元金は親父とお袋の遺産と生命保険だし、これを増やしたのは、ミリ——お前だろうが」

三年前、両親が交通事故で死亡。事故を起こした相手も一緒に死亡しており、どちらに責任があるかは勿論のこと、事件の概要についても最後までわからなかった。そして、生命保険によって俺たちには、愛する両親の命の値段としては僅かばかりの、だが普通に使うには大金と呼べるお金だけが残された。当時十七歳、高校三年生だった俺は、あと九カ月すれば卒業できるというにもかかわらず、迷うことなく高校を中退し、バイトをして生活費を稼ぐことにした。

両親の残した預貯金と生命保険の保険金は、当時小学生だったミリの、今後の学費に使おうと思ったからだ。勝手に高校を辞めたときは、かなりミリに怒られた。それでもなんとか生活していける……と思ったら、二年後、つまり去年の夏に俺が二十歳になると同時に、ミリが株式投資に凝りはじめた。しかも、俺の名義を勝手に使って。そして、僅か三カ月で一財産を築いていた。

中学生の妹が、億単位のお金を動かしていたのである。

なんとも信じられない話だ。

名義貸しは犯罪なのだが、それを怒る以前の問題だ。

ただ、勿論、俺名義の口座の中にあるとはいえ、あくまでもこれは妹が稼いだお金。俺が使っていい道理がない。いまでも株主総会のお知らせや株の配当金、そして株主優待でもらえるらしい商品がひっきりなしに我が家に届き、これだけで食い繋げるのではないかと思ってしまう。

そんなわけで妹の学費と生活費の心配はなくなったため、心機一転、就職しようとバイトを辞めて退路を断ち、昨年の秋から就職活動を頑張ったのだが、半年間で百連敗、そして春になった現在も記録は更新中である。

ここまで就職できないとなると、世界は俺のことを必要としていないんじゃないか？　という気持ちになってきた。

「そうだ、介護士ってどう？　意外と男性の介護士って需要があるみたいだよ」

求人票を見ながら、ミリは俺がいままであまり考えていなかった職業を提案してきた。

「それに、おにいって面倒見がいいから、絶対に介護職員に向いていると思うよ」

介護士になった自分を想像してみる。うーん、いまいちピンとこないな。

看護師と介護士の違いがなんとかわかる程度の知識くらいしかない。

「あれって、資格を取ったりするのが面倒だろ……ホームヘルパー二級だっけ？」

よく通信講座のＣＭを見た気がする。やっぱり資格社会なのかね。

勿論、学歴も大事だ。

俺は高校中退で、自動車免許も持っていないからな。

「いまは、介護職員初任者研修ね、平成二十八年度現在。初期投資よ、初期投資。介護士なら、結構年を取ってからも雇ってもらえるし、介護福祉士の国家資格だって、三年働いて勉強すれば取れるんだし、そうなったら仕事の幅も広がるよ。人に感謝される仕事だし、絶対におにい向きだって」

まるでプレゼンを聞いているかのように、ミリはスラスラと説明した。

「……詳しいな、妹よ」

「おにいのために一生懸命調べましたから」

できた妹を持つと幸せだけれども、自分が情けなくなるな。

バイトで貯めていたお金もそろそろ底を尽きそうだし、そうなったら本当に妹にお金を借りないとならなくなる。

「……そろそろ出かけないと、今日の面接の時間だ」

鏡の前で、天然パーマの髪を軽く整え、リクルートスーツを確認。茶色と赤色を基調としたストライプ柄のネクタイをきっちり締め直す。

「あ、あ、うん。失礼しますっ！」

とりあえず声の調子を整えたあと、大声で面接の練習をした。

いつも面接まではなんとかいけるんだけどな、なぜか面接で落とされる。

本当になぜなんだろうな。

いちおう、面接に関する本はたくさん読んだし、いろいろと勉強もしているのに。

玄関で、もはや履き慣れた革靴を靴ベラを使って履き、玄関の扉のノブを握った。

「おにい、帰りにスキヤキアイスと生卵買ってきてね」

ミリがリビングの扉から顔だけを出して、買い物を要求してくる。

「あんなゲテモノアイス、もうどこにも売ってねぇよ」

むしろ、よく商品化できたよな。

まぁ、ネットニュースではかなり話題になっていたけど。

「駅前のファミリーイレブンに売っているから」

「わかったよ。売っていなかったら昆布出汁湯豆腐プリンだな」

「さすがおにい。ミリのことわかってるねぇ」

あぁ、お前が真正のゲテモニスト（造語）だってことは知ってるよ。

昆布出汁湯豆腐プリンなんて、もはやカラメルソースの入った茶碗蒸しだしな。

一度でいいから、ミリ vs. ニシンを発酵させた世界一臭い缶詰みたいな対決を見てみたい。

ただし、あの缶詰は開封すると、観戦するほうにも被害が出るからな。俺も覚悟をしないといけないのか。

って、なんであの缶詰を買うこと前提なんだよ、俺。

買わないよ。ミリに頼まれたら買うけれど、ネタで食材を買うほどの金銭的な余裕はないからな。

あれ、ア◯ゾンさんで買ったら五千円以上するし。

「おにい、今夜の晩ご飯はハンバーグだからね、面接で失敗したからって落ち込まずに、真っ直ぐ

帰ってくるんだよ！」

妹に心配されながら、俺はマンションの部屋を出た。

◆◆◆

自宅の最寄り駅から電車を乗り継ぎ、移動すること四十分。さらに到着した駅から徒歩で移動していた。

面接の時間まであと少しだ。面接時間の五分前に会社に着くのがベストだと聞いたからな、少しだけ急ぐとするか。

横断歩道の信号を確認する。間違えても信号無視をしているダメな社会人であるところを、試験官に見られるわけにはいかない。どこに野生の試験官が潜んでいるかわからないからな。

信号は青だった。よし、問題なし！

そう思い横断歩道を渡ったところで、クラクションの音が俺の鼓膜を揺さぶった。なにごとかと思ったら、真横から暴走トラックが突っ込んできた。


このままでは死ぬっ！

トラックの運転席を見ると、ブレーキが効かなくなったのか、運転手はとても焦った顔になっている。

危ないっ！

俺は咄嗟にバックステップで暴走トラックを躱すことに成功した。目の前をトラックが通り過ぎていく。

どうやら、零コンマ数秒の差で助かったようだ。

本当に危なかった。危うく異世界にトリップするところだった。

暴走トラックではねられたら異世界に行くというのは、最近のネット小説じゃありきたりだからな。

まぁ、現実でそんなことがあるはずがないんだけど。

暴走トラックは、交差点の向こうの電柱にぶつかり、煙を上げて止まった。

車の整備不良かな？

と、本当に時間がない。

事故現場に出くわしたら証言をするのは義務のようなものだけれど、自分のことが一番だ。幸い、現場には俺以外にも人がいるから、その人が証言してくれるだろう。

歩行者用の信号は青点滅。よし、これならまだ渡れる、そう思ったときだった。

「大変だ！　トラックから暴れ馬が逃げ出したぞぉぉぉっ！」

周りからそんな声が聞こえた。

――え？

トラックの荷台のドアが開き、中から鼻息の荒い栗毛の馬がたくさん逃げ出してきた。

そして、その馬は嘶《いなな》き、俺へと向かってきて……そして、俺はその暴れ馬に巻き込まれ、そして、あえなく――意識を失った。

痛みを感じる余裕すらなく――


いや、やっぱりすんげぇ痛かった。


そうだ、俺は馬たちの暴走に巻き込まれたんだ。

痛みがフラッシュバックし、俺は頭を押さえる……いや、踏まれたのは胸だったかな？　それとも背中？　もしかしたら体全体を踏まれたのかもしれない。

とにかく、ようやく思い出すことができた。

馬に踏まれるか蹴られるかのショックで記憶が飛んでいたってことか。

……そりゃあ、あれだけ痛めつけられたらな。

それで、どうなった？

馬に踏まれて……病院に搬送された……それとも……?

俺の中では「それとも」の可能性に天秤が傾いていた。

病院ではない、明らかに異質なこの場所。この場所と馬に踏まれたという記憶。

そこから導き出される答えはひとつしかない。

「ええ、死んだわね。ご臨終だよ。牧場から馬を二十頭盗んで逃げていた男のトラックが事故を起こして、逃げ出した馬に巻き込まれてね」

そうか、死んだのか。

しかも、あのトラック、信号無視だけではなく馬泥棒までしてやがったのか。

俺が死んだとなると、ミリの奴、悲しむだろうな。

まぁ、ミリならひとりでも逞しく生きていけると思うが……伯父さんの家に引き取られることになったら、転校は余儀なくされる。

そんなことになったら、死んでもミリに怒られちまう。

両親が死んだあの日、ミリが結婚するまで、死んでもお前のことだけは守ってやるって言ったのにな。

墓前に化けて出られるのなら、土下座の準備をしておかないとな。

あれ?　さっき誰かが声をかけてくれたような……。

俺が死んだと伝えてくれた女性の声。

いったい誰だ?

「女神を無視するとは、いい度胸ねぇ」

え？　女神？

艶めかしい声に思わず振り返り、俺は石化した。蛇に睨まれた蛙、メデューサに睨まれた戦士のように動けなくなる。

白いワンピースドレスを着たオークがそこにいた。

くそっ、死んだと思ったらやっぱり異世界で、いきなりエンカウントするのがオークって、無理ゲーだろ。

まだチート能力ももらっていないのに。

「誰がオークだい。私は女神だって言ってるだろ」

オーク……じゃない、女神様が、二重顎を触りながら怒ったような口調で言う。

まさか、心が読まれた⁉

「本当に女神様ですか？」

半信半疑といった感じで俺は尋ねた。

「あぁ、そうだよ。それで、あんたは死んだわけだけど、なんと十億人にひとりの大チャンス、異世界に転移できる権利が与えられたってわけさ。年齢はそのまま、姿もそのままだから、転生ってわけじゃないけどね。どうする？　このまま死ぬか、それとも異世界で新たに生きるか」

「えっと、もとの世界に戻ることはできないんでしょうか？　このままだと妹が転校しちゃうんですけど」

「無理だよ。意地悪を言っているんじゃなくて、本当に無理なんだよね。女神は有能ではあるが、万能ではないのさ」

ぐっ、無理なのか。

ならば、異世界で新たに生きるしか道がないじゃないか。

「といっても、いまのままじゃ、異世界に移動してもすぐに死んでしまうからね。特別に、天恵と呼ばれる不思議な力を授けてやるよ。ところで、ゲームはやったことがあるかい？　ゲームといっても、テ〇リスとかソリティアとかじゃないよ。ロールプレイングゲームみたいなゲームをね」

「……はい、何種類か」

ロールプレイングゲーム、直訳すると役割を演じる遊戯。

勇者や剣士といった主人公を操り、経験値を貯めてレベルアップして強くなり、コマンド入力をして遊ぶゲームだ。

ドラ〇ンクエ〇トやファ〇ナルファ〇タジー、テイ〇ズシリーズなどが有名だろうか？

「あんたが転移するのは、そういうゲームのような世界さ。魔物がいて、魔物を倒したら経験値やアイテムが手に入って成長する。そもそも、あんたの世界のロールプレイングゲームっていうのは、あんたみたいに異世界に転移する人間に説明するのが面倒になったどっかの神が、人間の潜在意識に介入して作らせたものだからね」

驚愕の事実が告げられた。

つまり、ドラ〇ンクエ〇トもファ〇ナルファ〇タジーも、いや、それ以前に、ダンジ〇ンズ&ドラ○ンズも、神が介入して作らせていたのか。驚いた。もしかしたら、異世界転移の小説を書いている作者も、神の介入を受けてそんな小説を書いているのかもしれないな。

「それで、ひとつ、あんたに能力をあげることにしたんだけど、どんな能力がいい？　いきなり勇者のような職業になれるとかが、お勧めだけどね」

「いや、勇者とかって、俺、そういうのはあまり」

理由もなく魔王と戦えとか言われるんだろ？

そんなことになったら大変だ。

チート能力がもらえたとしても、ベースとなる俺の体は平均的な日本人だからな。

「いきなり大金持ちとかは無理ですか？」

「確かにお金は重要だね。でも、本当にそれでいいのかい？　出所不明の現金を持ち歩くというのは、それだけで危険なことだよ」

うっ、確かにそれは危険かもしれない。

俺は自分の部屋の中に、身の丈に合わない大金が急に現れる光景を想像した。ミリが「おにい、自首しよ。大丈夫、私が優秀な弁護士を雇って情状酌量は勝ち取るから」と、同情の眼差しを向けてくるのが目に浮かぶ。

ということは、巨大なダイヤをもらうとかも、やめたほうがいいかもな。下手をしたら盗品として扱われそうだし、ゲームのような世界ということは、日本ほど治安がいいわけではない。盗賊などに狙われるのもごめんだ。

女神様が提示したほかのお勧めは、瞬間移動やスキル強奪という、まぁ有名なチート能力だった。

瞬間移動は交易には便利だけど、強くなれるわけじゃないんだよな。

スキル強奪は論外だ。他人からスキルを奪うなんて、ガラスのハートの俺には胃痛スキルすぎるし、バレたら物凄く恨まれる。

「無難に経験値百倍とかありますか？」

ゲームの感覚で俺は尋ねた。

「百倍は無理だよ。二十倍が限度だね」

二十倍か。それでも十分に凄いよな。

つまり、五年頑張れば、普通の人の百年分の経験値が得られるというわけか。

「それでお願いします。あ、同じ天恵が二個あれば四百倍とかになるんですか？」

つい欲が出てしまい、そんなことを尋ねた。

女神様は首を横に振った。頬の肉が揺れる。

「ならないよ。二十倍といっても、正確にはプラス千九百パーセントだからね。同じ天恵がふたつあってもプラス三千八百パーセント、つまり三十九倍だよ。あと、私が与える天恵はひとつだけだからね」

そう上手くはいかないか。

いちおう、ほかにももらえる天恵について聞いてみたが、変に目立ったり、戦闘用の力だったり、使い方がいまいちよくわからない天恵だったりした。

俺は女神様に、

「では、経験値二十倍でお願いします」

と頼んだ。

女神様は俺の申し出に、

「わかったよ」

と頷いた。

「天恵の授与は終了したよ」

え？　いまので終わり？　なにもされていないんだけど。

まぁ、キスをして天恵授与とか言われたら困るけれど、なんか呆気ないな。

もう少し神聖なものかと思ったんだけど。

「なんなら熱いキスをしてやろうかい？」

「いえ、結構です！」

俺は四十五度腰を曲げて丁重にお断りした。

「あと、これはよく聞かれることなんだが、転移者には特に使命を与えるわけじゃないからね。強いていえば、あんたのような異世界からの召喚者という刺激によって、いまから行ってもらう世界に力を与えるのさ。だから、向こうに行けばせいぜい異世界生活をエンジョイするんだよ」

女神様はそう言って消えるように去った。

俺の異世界ライフが始まるのか。

まずはお城の周りのス◯イムを倒してレベル99を目指すか……なんてな。

ミリには本当に申し訳ないと思っているが、やるからには本気で異世界ライフを楽しもう。

経験値二十倍というチート能力ももらえたんだ。

これさえあれば、日本にいた頃みたいに無職の就職難民のまま、なんてことはないだろう。

異世界ライフが始まる。

いよいよ始まる。

始まるったら始まる。

そろそろ始まる。

始まる。

ねぇ、いつ始まるの？

「女神様、なんか異世界に移動する気配がないんですけど」

……返事がない。

なにも起こらない。何時間待っても、なにも起こらない。

時計がないので何時間経過したかもわからないが。スマホの時計は止まっているし。

え？　バグ？　フリーズ？　どうしたらいいんですか？

「女神様ぁぁぁぁぁっ！」

俺は思わず叫んでいた。

このままなにもない空間にいたら、気が変になっちまう。

もう発狂寸前だ。そう思ったとき、

「おっと、悪い悪い……つい寝てしまっていた。妾《わらわ》が女神だ」

足元から現れたのは、幼い子供だった。

白いローブを着た、金髪ツインテールの目つきの悪い子供だった。白いローブというのが、先ほどオークの女神様が着ていた服と同じだった。

子供が着ているから、普通のワンピースがローブのように見えるのかもしれないが。

でも、それよりも、彼女はいま、なんと名乗った？

ここでふたり目の女神様？

この子が案内してくれるのか？

「うむ、驚くのも無理はない。まず最初に言っておこう。お主《ぬし》は死んだ。だが、十億人にひとりの大チャンスがある」

そして、子供の女神様は先ほどの太った女神様が言ったことと同じようなことを告げた。

え、こっちも十億人にひとりの大チャンス？

もしかして、女神様ダブルブッキングしちゃったの？

そんな確率、百京分の一だと思うんですけど。

「最後に、天恵を授けようと思う」

「……あぁ、経験値二十倍を——」

経験値二十倍をもうもらったんですけど。そう言おうとしたら、

「経験値二十倍は妾のプレゼントできる天恵にはないが……まぁ、似たようなものを授けよう」

人の話を聞こうとしない女神様は、「終わったぞ」と、あっという間に天恵の授与を終えてしまった。まさかのふたつ目の天恵だ。

「では、妾は昼寝を続けるから、そのほうは異世界生活を満喫すればよい」

そう言って、女神は欠伸ひとつで消えると同時に、俺の意識が朦朧としてきた。

勘違いされてしまった。正直に言おうとした結果だし、仕方ないのかな。これで、経験値三十九倍かな。

んー、二個目はやっぱり瞬間移動にしたらよかったかな。

そんな後悔と同時に、意識が混濁してくる。

どうやら今度こそ、本当に異世界へと飛ばされるらしい。

そして、睡魔に近い誘惑に抗うこともなく、俺はあっさりと意識を手放した。

こうして、俺の異世界生活が本当に始まった。


実は、子供の姿の女神様がくれた天恵というのは、経験値二十倍とは確かに似ているが、似て非なるものであった。

レベルアップに必要な経験値が二十分の一になるという天恵。

つまり、仮に通常４００の経験値がレベルアップに必要だとする場合、２０の経験値でレベルが上がるという天恵だ。

しかも、経験値１の敵を倒したら経験値２０が手に入るという天恵までもらっている。

つまり、俺はほかの人より三十九倍ではなく四百倍成長しやすい状態になってしまった。

だが、俺がそのことに気が付くのは、ほんの少しあとになってからのことだった。

第一話　異世界でも無職でした

目を覚まして見えたのは、木の天井だった。周囲を見回すと、天井の次にランプを見つけた。ランプがあるお陰でこの部屋が明るいのか。アンティークショップで売っていそうなオシャレな形をしている。あれ？　でも、このランプ……光源が火ではない。ガラスのランプの中に浮かんでいるのは、光の球だった。

「……ん？」

ランプの反対方向に……大きな木の看板が立っていた。

その看板には、大きな文字でこう書かれている。

《赤い本を読め・READ　BLUE　BOOK・××××××××××》

日本語、英語、よくわからない言葉の三カ国語で書かれた看板だ。日本語では赤い本を読め、英語では青い本を読めと書かれている。どっちが正解なんだ？　と思ったら、石のテーブルの上に三冊の本があった。どことなく同人誌の即売会で売っていそうな、薄っぺらい冊子だ。本の端を見てみると、ホッチキスで留められていて、異世界らしさがまるでない。

赤い本、表紙に「異世界の歩き方」と書かれている。青い本、表紙に「WAY　OF　LIFE　OF　THE　DIFFERENT　WORLD」と書かれていて、黄色い本の表紙には、よくわからない文字が書かれていた。

つまり、看板の読める文字の本を読めばいいようだ。

〝ＲＥＡＤ　ＢＬＵＥ　ＢＯＯＫ〟くらい俺でも読めるわ、と青い本を取って、ランプの近く、本のページが照らされる場所に移動する。

だが、別に本が影で隠れても問題なかっただろう。

なぜなら、書かれていた英語がちんぷんかんぷんだったため、すぐにテーブルの上に戻したから。誰も見ていないのに無駄な見栄を張って、本当にバカなことをした。そういえば、俺は英語の成績は最低ランクだったからなぁ。ミリならこの程度は簡単に読めたんだろう。あいつ、家ではフランス文学の原文を読んでいたし、最近はラテン語の勉強もしているって言っていたからな。ＴＯＥＩＣも満点だったし。

結局、俺が青い本を見てわかったことは、虫食いなどもない、意外と綺麗な本だ、ということくらいだった。

俺の世界の神様は、絶対にパラメータ配分を間違えて兄妹を作っただろうと思いながら、今度こそ赤い本を手に取り、ページを捲ってみた。

【私は日本人だった。そして、この世界でいまを生きている】

最初の一文は横書きでそう書かれていた。文章はさらに続く。

【この世界の名前はアザワルド。この世界に誘《いざな》われ、私の後輩となる君にこの書物を残す。願わくは、最後まで読んでから、外に出てほしい。なお、青い本には英語で、黄色い本にはこの世界の文字で、同じ内容を記している】

俺のほかにもこの世界に日本人がいるのか。

まぁ、十億人にひとりの転移だっていっていたから、可能性がなくはない。いや、むしろいると考えるほうが自然だろう。

この本によると、数年にひとりのペースで異世界人は現れているという。

異世界人が目覚める場所はこの大陸には三カ所、世界中に数十カ所あり、そのすべての場所にこの本が置いてあるらしい。

【ステータスオープンと言ってほしい】

俺は「ステータスオープン」と呟くように言った。

名前：イチノジョウ
種族：ヒューム
職業：無職LV1
HP：10／10
MP：8／8
物攻：9
物防：7

魔攻：４
魔防：３
速度：４
幸運：１０

装備：リクルートスーツ　革靴
スキル：なし
取得済み称号：なし
転職可能職業：平民ＬＶ1

天恵：取得経験値２０倍　必要経験値１／２０

……………………………………………………


おぉ、なんか出てきた。

えっと、説明によると、名前はほとんどの場合、日本の頃の名前がそのまま使われるとある。って、いや、間違えてるから。俺の名前、一之丞の読み方は、イチノスケであって、イチノジョウじゃないから。

学生時代は初めての担任の先生によく間違えられたんだけど、女神様の仕事にしては大雑把すぎるだろ。

……誰に文句を言ったらいいのかわからないので、とりあえず名前のことは置いておく。

次に種族の説明が書いてあった。

種族は地球人なら全員ヒュームだが、この世界にはさまざまな獣人やエルフやドワーフ、ヴァンパイアやマーメイドといった、まるでお伽噺の住人のような、ヒューム以外の人種もいるそうだ。

職業は無職に設定されていて、これについてはあとで記すとある。

こっちの世界に来ても俺は無職設定なのか。最初は全員そうらしいが、つらいところがある。女神様が勇者になれると言ったときに頷いておけば、職業は最初から勇者だったのだろうか？

本のページを捲ると、今度はステータスの説明が書いてあった。

ＨＰ：生命力。なくなると死ぬ。殴られたり刺されたりしたら減少。通常状態だと徐々に回復する。出血状態や毒状態、病気などでも徐々に減少していく。
ＭＰ：精神力。魔法などのスキルを使うと消費。通常状態だと徐々に回復する。ＭＰが足りないと魔法などのスキルが使えなくなるほか、著しく低下すると意識を失う。
物攻：物理攻撃力。上昇すると、殴ったり剣を使ったりして攻撃したときに、相手へのダメージが大きくなる。筋力も上がり、重い物を持ち上げられるようになる。
物防：物理防御力。上昇すると、魔法以外の攻撃を受けたときのＨＰの減少値が減る。ＨＰも上昇する。

魔攻：魔法攻撃力。上昇すると、魔法攻撃の威力が増す。
魔防：魔法防御力。上昇すると、魔法攻撃を受けたときのダメージが減少する。また、回復魔法の威力も上がる。
速度：反射神経や動体視力、足捌きなどが上昇し、攻撃を躱しやすく、また攻撃を命中させやすくなる。
幸運：レベルが上がっても上昇しない。さまざまな影響がある。一番実感できるのは迷宮に入ってから。詳しくは迷宮で聞くといい。

ちなみに、この世界のヒュームの平均HPは50らしいので、俺はかなり弱いことになる。

職業レベルが上がると、さまざまなスキルを覚える。

職業を変えるとレベルアップで得たステータスは下がるが、スキルは覚えたまま。

たとえば見習い魔術師のレベル5に上がり、魔攻が35増えてファイヤの魔法を覚えたあと、見習い剣士に転職した場合、増えた魔攻「35」の数値は見習い剣士に転職したあとには反映されないが、ファイヤの魔法は使えるってことらしい。

職業レベルは、魔物を倒すほか、特定の行動をすると経験値がもらえ、それが一定量貯まることで上がる。

特定の行動とは、たとえば平民は税金を納める、魔術師は魔法を使う、狩人は魔物を狩って解体する、剣士は剣で素振りをする、などらしい。

平民が税金を納めたら経験値が貯まるって、なんかひどい感じだな。いろいろとレベルアップの抜け道が用意されていそうな気がする。

それと、平民って、職業じゃなくて身分じゃないだろうか？

平民が身分だとするのなら、いまの俺の身分は平民以下になっちまうから、考えるのはよそう。

あと、身分は奴隷なのに職業は平民だったりするのかな？　貴族なのに職業は平民でレベル８０とか、少し面白そうだ。

称号は、特定の行動をすると与えられ、さまざまな恩恵が得られる。

天恵は、女神様からもらった不思議な力で、異世界人だけが持つという。

ってあれ？　取得経験値二十倍と必要経験値が二十分の一……って……もしかして、なんか凄いことになってないか？

普通の人の四百倍成長するの？

これなら、無職レベル９９もたやすいな。

と思ったが、

【無職の説明であるが、この世界の人は生まれてきたときは、一部の人を除き全員無職だが、すぐに別の職業に転職したほうがいい。なぜなら、無職のレベルは上げてもステータスは増えないし、レベルが上がってもスキルをひとつも覚えないからだ。君もすぐに北の町に向かい、平民か、可能なら別の職業になることを勧める】

と書かれていた。

無職はレベルを上げても意味がないのか。

つまり、レベル上げは転職してからだな。

【ただし、外が夜なら朝が来るのを待ったほうがいい。夜になると、このあたりは狼が出没するからだ。ほかにもウサギの魔物が出るが、ウサギ相手なら無職でも素手で倒せるだろう。ウサギの肉は冒険者ギルドで売ることもできるし、食料にもなる。見つけたら倒して、アイテムバッグに入れることを勧める。ただし、生きている魔物はアイテムバッグの中には入らないので注意してほしい】

生きているものはアイテムバッグには入らないのか。

じゃあ、死体の中に寄生虫とかがあったら、どうなるんだろうか？

少し気になるが、気になったところで答えは出てこないから放っておく。

【君は昼間のうちに北の町に向かい、転職を済ませたらいい。私――ダイジロウの紹介だといえば無料で転職させてくれるはずだ。なお、この世界の文字は君にはまだ読めないだろうが、彼らが話す言葉はどういうわけか、我々にも理解できるようになっている。あと、職業についての注意。大きな罪を犯せば、職業は盗賊などの犯罪職へと切り替わる。そうなった場合は、犯罪者として追われることになる。絶対に人のものを盗んだり、罪なき人を殺したりしないようにしてもらいたい】

言われなくてもそんなことはしないよ。

そして、本の示す場所に、このあたりの地図を描いた紙が何枚か挟まっていた。

現在位置も書かれている。北に少し行けばフロアランスという町が、南にだいぶ行けばベラスラという町があるらしい。

この地図は一枚もらっていいそうだ。

この世界の文字を学ぶための、日本語を含んだ辞書も置かれていた。ダイジロウさんが書いたのだろう。

この世界の識字率はあまり高くないそうだが、勉強しておいて損はないというので、これももらっておく。

あと、この世界にやってきた異世界人は〝迷い人〟として認知はされているが、だいたいの異世界人はその素性を隠して生活していることが多いと記してあった。

ほかにも本にはさまざまなことが書かれていた。

この世界では六柱の女神が信仰されていること。

人攫いも存在し、奴隷商人に隷属の首輪を着けられたら強制的に奴隷になってしまうから注意するようにとか、職業についての説明、魔法についての説明なども書かれている。

本当に初心者にとっては助かるガイドブックだった。

それと、一番嬉しい話が。

先ほど話に出たアイテムバッグを、ひとつ持っていってもいいという。中に便利なアイテムを入れてあるみたいだ。

バッグの中にアイテムを入れると亜空間に収納され、時間の経過も止まり、食料を入れても腐らないとか。

アイテムバッグは三つあったが、俺は本に書かれている通り、ひとつだけ持っていくことにした。

中を確認すると、薬瓶、銅貨百枚、銀貨百枚、金貨一枚が入っていた。

本によると、銅貨一枚が一アメリカドルくらいだという。じゃあ十円の品物とかは、どうやって買えばいいんだろうな？　銅貨より下の貨幣があるのだろうか？　鉄貨とか？

そのあたりは、いまは気にしても意味ないか。

銀貨と金貨がどのくらいの価値かは書いていなかった。銀貨が千円、金貨が一万円くらいだろうか？

だとしたら、これだけで十二万円くらいか。それは凄いな。

一瞬、アイテムバッグを三つとも持っていけば、当分は生活費に困らないんじゃないか？　という悪魔の囁きが頭をよぎったが、それはやめておいた。

恩を仇で返すようなことはしたくない。

【最後に、私は魔法都市マレイグルリに住んでいる。君がこれを読んでいるとき、私がまだ生きているかはわからないが、もしも立ち寄ることがあったら来てくれ。歓迎しよう。ちなみに、私がこの本を書いているのは、アザワルド歴三百七十九年だ】

次のページが最後だった。

本には、この本は持ち出さないでほしいと書かれている。ランプは魔道具としては安価で売られているものだから、これも置いていてほしいと書いてあった。

確かに、今後来るかもしれない異世界人に、この本は必要だろう。

「ありがとう、ダイジロウさん」

異世界を訪れた日本人の先輩に礼を言って、俺は部屋の奥にあった扉を開けた。

扉の奥には、上に続く階段があり、そこを上っていくと、いままでいた場所が巨大な大木の下だったことがわかった。

目の前には街道のような大きな、だがアスファルトではなく土の道があった。森の間の道だったが、鬱蒼と茂る森ではなく、太陽もしっかりと見えている。

そして、振り返ると、先ほど上ってきたはずの階段がなくなっていて、ただ木の中に空間が広がっているだけだった。

もう一度入ってみても、やはり雨宿りに使えそうな空間が広がっているだけで、階段はない。

どうやら一方通行のようだ。盗賊などに見つかって荒らされる心配もないわけか。

えっと、地図によると、こっちが北。太陽は東……ということは、いまは朝か。

バ〇ボンのパパが言うように、西から昇った太陽が東に沈むというのなら話は別だけど、そこまで疑っていたらきりがない。北を目指して歩こう。

そう思って歩いていくと、前方に白く可愛い球のような、特徴的な耳を持つ生き物がいた。

明らかに狼ではないし、耳の形はどう見てもウサギだ。

異世界のウサギってこんなに可愛い形なのか。

確か、ダイジロウさんの本には素手でも十分に倒せるし、売り物にもなるって書いてあったな。

ならば、倒させていただきますか。可愛いけれど、これ戦いなのよね。

近くに落ちていた、先端が尖っている石を掴み、俺はウサギに殴りかかった。

が、もう少しというところで、跳ねて躱される。

そして、ウサギの体当たり――ぐはっ、痛ぇ、結構強いじゃないか。中学校の女子バレーボール部のエース級のアタックを、鳩尾《みぞおち》に受けたくらいの痛みだ。適当に言っているだけだけど。

でも、これなら痣になることはあっても、一度や二度喰らったくらいじゃ死なないな。

それならばと、俺は再度攻撃。またもウサギは躱して、俺に体当たりをしてこようとしたが、甘い！

相手がバレーボールのアタック級なら、こっちはレシーブだ！

レシーブでウサギを宙へと浮かせ、アタックの代わりに尖った石を思いっ切り叩きつけた。

【イチノジョウのレベルが上がった】

レベルが上がったとの声が聞こえた。営業電話で流れる録音音声のような、どちらかといえば女性っぽい、それでいて無機質な声だ。

本当にドラ○エみたいだな。

ステータスを確認しようと、ステータスオープンと念じたところ、一気にレベルが13まで上がっていたのが確認できた。だが、見事にステータスの変化はないし、スキルをひとつも覚えていない。

ダイジロウさんの言っていたことは間違いではないようだ。

やはり早く転職しよう。日本でも異世界でも無職はよくない。

さて、倒したウサギはアイテムバッグに入れておいて、冒険者ギルドに売ろう。ただし、アイテムバッグに入れる前に最低限の血抜きだけはしておく。こうしておかないと肉に臭みが残るとかそういう問題ではなく、アイテムバッグから出したときに血が手に付いたりしたら、鬱な気分になるからだ。狩人になれたら解体スキルを覚えることもできるらしいから、解体してから売るのもいいな。勿論、俺には解体の仕方もわからない。ウサギどころか鶏すら捌いたことがないから。

北を目指すか……と思ったら、またもやウサギを発見！

今度は油断することなく、簡単に倒すことに成功。

その結果、

【イチノジョウのレベルが上がった】

【無職スキル：職業変更を取得した】

【無職スキル：第二職業設定を取得した】

【自動的に第二職業を平民LV１に設定しました】

と、思いもよらぬメッセージが脳内に浮かんで、消えた。

え？　確か、無職ってスキルを入手できないはずじゃなかったっけ？

第二職業っていったいなんだ？

気になり、ステータスオープンと呟くように言った。

先ほど見たステータス画面が脳裏に浮かぶ。

……………………………………

名前：イチノジョウ
種族：ヒューム
職業：無職ＬＶ２０　平民ＬＶ１

ＨＰ：２２／２２（１０＋１２）
ＭＰ：１３／１３（８＋５）
物攻：２０（９＋１１）
物防：１６（７＋９）
魔攻：６（４＋２）
魔防：５（３＋２）
速度：１０（４＋６）
幸運：２０（１０＋１０）

装備：尖った石　リクルートスーツ　革靴
スキル：【職業変更】【第二職業設定】
取得済み称号：なし
転職可能職業：平民ＬＶ１

天恵：取得経験値20倍　必要経験値1／20

……………………………………………………


最初、その意味がわからなかった。

なんか、ステータスが一気に倍になっているんだけど？

無職のステータスに、平民のステータスがそのまま上乗せされてる？

もしかして、俺、裏技発見しちゃった？

……無職なのにサイドビジネス始めた？

ウサギを二羽狩った。とはいえ、俺は普通の人の四百倍成長するんだから、普通の人が八百羽狩ったのと同じ成長をしているというわけか。ダイジロウさんの本によると、この世界の人は生まれてすぐ平民に職業を変えるそうだから、もしかして、この裏技に誰も気付いていないのか？

これはいい発見だ。

無職のステータスに、平民のステータスが上乗せされている、ということなんだろう。

ただでさえ成長しやすい天恵があるというのに、ほかの人の倍のステータスが得られるってことじゃないか。

いまの第二職業は平民。

ダイジロウさんの本によると、平民はスキルこそ地味なものしか覚えないが、レベルが上がると変更できる職業が増えていくという。

とりあえず、殺したウサギはアイテムバッグに収納。

こうなったら、ウサギをもう一羽倒して成長し、第一職業を別の職業にしたいな。

さすがに第一職業が無職のままだと、精神的にきつすぎる。新たな職業を手に入れたら、無職には第二職業に移動してもらおう。

異世界でくらい就職したいからな。ただ、平民も、なんか「フリーター」っぽい感じで第一職業にする気にはなれない。

とはいえ、いまはこの獣道を北上するのが先か。

狼に出てこられたら危ないからな。

ウサギ二羽では今夜の宿代にもならないと思うが、ダイジロウさんからもらったお金があるから、余裕で宿に泊まれると思う。

と思ったら、今度は黒いウサギを発見！　ラッキー、狩らせてもらうぜ。

黒いウサギは、先ほどの白いウサギよりも素早い動きで俺を翻弄してきた。

白いウサギがス◯イムだとしたら、黒いウサギはスライ◯ベスってところかな。

白いウサギより上位種という感じだ。

このままでは逃げられちまう。そう思ったとき、黒いウサギが切り株の根っこに躓《つまず》いた。まるで童謡みたいだ。

チャンスだ！

尖った石で斬りかかろう。そう思ったとき、黒いウサギは覚悟を決め、俺に体当たりをしてきた。

かなりの速度だったが、俺は避けることに成功した。いままでの自分ではできない動きだ。あぁ、能力（速度）が上がったから避けられたんだな。

すれ違いざま、俺の持っていた尖った石が黒いウサギの首を掠り、それが致命傷となった。

【イチノジョウのレベルが上がった】

【平民スキル：投石を取得した】

【職業：農家が解放された】

【職業：狩人が解放された】

【職業：木こりが解放された】

よし、来たぞ！

ステータスも職業も一気に増えたな。

平民レベルが8にしかならなかったけれど、無職もレベルが7増えて、27になっている。

無職より平民のほうが成長速度は遅いようだ。

俺の予想だが、職業は上級職のほうが成長しにくいとか、そういうこともあるんだろう。

ただ単に、第二職業のほうがレベルが上がりにくいだけ、という可能性も否定できないが。

あと、聞いていた通り、平民のスキルはやはり地味なようだ。投石って……スキルなしでも使えるよ。補正くらいはあると思うが。

確かダイジロウさんの本には、平民のレベルが10になれば見習い剣士が解放されるとあった。

まずはそこを目指してみたい。

でもその前に、第一職業を狩人に変更するか。無職には第二職業に移ってもらおう。

第一職業変更と念じた。たぶん、これでいいんだよな？　すると、先ほどのシステムメッセージが流れる。

【無職を第一職業から解除すると、無職に戻れませんがよろしいですか？】

え？　ちょっと待て！　無職じゃなくなったら、二度と無職に戻れないっていうのか？

そうか、就職できちまったら、失職しない限り無職にはなれない。これは当たり前の話だ。でも、このゲームのようなシステム職業は失職しないから、無職になることはできないってことか。

無職に転職するって言葉はないもんな。

俺の予想だと、無職にはまだまだ未知なる可能性が眠っている。

第三職業、さらには第四職業の解放があるかもしれない。

このままでいるほうが絶対にいい。それはわかっているんだが……。

（……結局、俺は異世界でも無職のままなのか）

落ち込まずにはいられなかった。


転職せずに、とりあえず北上を続けることにした。

人の手があまり入っていない獣道から、そこそこ整備されている林道に変わるのに、そう時間はかからなかった。

切り株があったってことは、木を切った木こりがいたってことだから、予想通りだ。

しばらく歩くと、小屋のようなものを見つけた。木こり用の小屋なんだろう。隣の倉庫らしき場所に、木材が大量に置かれている。

さらに歩くと、林の奥から木を切る音も聞こえてきた。人がいるようだ。

言葉は普通に通じると書いてあったし、ウサギを狩ったら、冒険者ギルドという施設で買い取ってくれるとも書いてあった。

アイテムバッグはまぁまぁ貴重な品だけれども、契約魔法がかけられており、最初に使った人しか使用できないという。

ほかの人が使うには、契約魔法を打ち消す専用の魔術師の力が必要らしい。ちなみに、ダイジロウさんはアイテムバッグの中に薬やお金などを入れてから、契約魔法を打ち消して、所有者解除をしたという。

ちなみに、契約魔法を打ち消す方法はもうひとつ、所有者の死亡らしい。

そういうことなので、アイテムバッグは見られても別に構わないけれど、あまり自慢げに持ち歩くものじゃないということだな。

ダイジロウさんの本を脳内で反芻するように確認しながら、俺は林道をさらに進むと、ようやく平地に出た。

馬車も通れるくらいの大きな街道が左右に延びていた。

右方向には王都があるが、歩くと三日はかかるそうだ。左方向にはうっすらとだが、町のようなものが見える。

あと、町の周りには畑も広がっている。あんなところに畑なんて作って、作物が盗まれたり魔物に食べられたりしないんだろうか？

まぁ、工夫はしているだろうと思って、森の方角を見詰める。太陽はようやく南に来たくらいだ。

こんなに早く着くなら、もう少しウサギ狩りをしたらよかったかな、とも思うが、いろいろと情報収集をしないとな、と思い直した。

町は、高さ一メートル程度の石垣で覆われており、門があり、そのうえにアーチ状の木の看板がかけてある。

んー、なんて書いてあるのかさっぱりわからないが、きっと町の名前でも書かれているんだろうな。

門は開いているが、金属製の胸当てを着けて、槍を持った青いショートヘア、青い瞳の女の子が立っていた。褐色肌の美少女だ。俺より少し年下くらい、女子高生くらいの年齢だろう。

彼女の横にあるテーブルには、占い師が使うような綺麗な水晶玉が置かれていた。

「ようこそ、迷宮の町、フロアランスへ」

彼女は俺に気付き、にっこりと笑ってそう言った。

可愛い女の子に声をかけられ、俺は思わず会釈をしたあと、気になった言葉について尋ねた。

「迷宮の町って呼ばれているんですか？」

「はい。町の中に三種類の迷宮があるので、迷宮の町と呼ばれています。ご存知なかったですか？」

知りませんでした。

そんなのダイジロウさんの本には書かれていなかったし。

「えっと、町に入ってもいいですか？」

「はい、この水晶の上に手を置いてください」

テーブルに置かれた水晶玉を、彼女は俺の前に差し出した。

「この上に？」

「あれ？　お兄さん、もしかしてこの大陸の人じゃないんですか？　これは職業を調べる水晶玉なんです」

「つまり、これに手を置けば、俺の職業がわかるってこと？」

それってやばくないか？

無職だって知られたら恥ずかしいだけでなく、なぜ無職のままなんだと質問されることになる。

ここでうまく誤魔化せても、ほかの町に行くたびに無職だって知られることになるのか。面倒だな。

しかも、いまの話だと、この大陸のすべての町がそんな感じなんだろう。ほかの大陸に逃げたほうがいいのかな。

いや、ほかの大陸でもこの水晶玉が普及していないとは限らない。

それなら、もういっそのこと早々に転職してしまうか？

「いえ、そこまでの力はないですし、そんな魔道具はないです。ただ、職業が盗賊や海賊、山賊、囚人などの犯罪者の場合は黒くなるんです。また、行商人の方などは青く光り、入町税が割引になります。王族や貴族、騎士の方は金色に光り、入町税が免除になりますが、お兄さんは貴族って感じじゃありませんよね」

門番の女性は俺の身なりを見て、訝しげに言った。

あぁ、リクルートスーツはここではやっぱり珍しいのかな。

「へぇ、それは便利ですね」

自分の服のことには触れずに、俺は安心して水晶玉に手を乗せた。勿論、水晶玉は変化しない。無職だし。

無職だから無色だとか、そんなギャグのような状態だ。

「はい、問題ありませんね。入町税は五十センスになります」

税金がかかるのか。お金はダイジロウさんのお陰で持ってはいるが、五十センス玉という穴の開いた貨幣は見つからない。

ただ、一番低い硬貨が銅貨だとするのなら、

「えっと、銅貨五十枚でいいよね」

「はい」

合っていたようだ。ダイジロウさんからもらった銅貨百枚を半分にして門番のお姉さんに渡す。

門番のお姉さんはその銅貨をケースに入れて数えた。どうやら三枚多かったようで、返してくれた。

銀貨五枚にしたらよかったかな？　でも、銀貨一枚が十センスだという保証はないからなぁ。

【イチノジョウのレベルが上がった】

【職業：見習い剣士が解放された】

【職業：見習い魔術師が解放された】

【職業：行商人が解放された】

ん？　あぁ、そうか、税金を納めたら経験値が貯まるんだったな。

それで平民のレベルが上がったのか。

どれだけレベルが上がったのか、あとで確認しよう。

でも、税金で平民のレベルが上がるとしたら、金持ちのほうがレベルは上がりやすいよな。

「では、こちらが入町許可書になります。町を出るときにお見せください、町を出て半月以内でしたら、再訪問時の入町税が免除になります」

できればもう一度税金を納めたいんだけど、なんて言ったら変に思われるよな。まぁ、税金を納める機会はまだまだあるだろう。

日本にいた頃は市民税やマンションの固定資産税、両親が死んだときには相続税など、いろいろあって本当に苦労したもんだ。

「ありがとうございます。あと、冒険者ギルドってどこにあるかわかりますか？」

「冒険者ギルドでしたら、この道を真っ直ぐ行った青い屋根の建物です。剣と盾の看板が目印なので、すぐにわかると思いますよ」

優しいお姉さんだな。なんでも答えてくれそうだし、それなら、ここでちょっとだけおかしな質問をしておきたい。

「あの、ちょっとだけ変な質問ですが、いまはアザワルド歴何年でしたっけ？」

「三百九十一年ですよ」

「あぁ、そうでしたね。ありがとうございます」

嫌な顔ひとつせずに笑顔で答えてくれる門番のお姉さんに笑顔で礼を言い、俺は町の中に入った。

いまが三百九十一年ということは、ダイジロウさんのあの本は十二年前に書かれたということか。

最近といえば最近だし、ダイジロウさんもまだ生きている可能性が高い。

彼には一度直接会って、是非お礼を言いたい。


町の中に入ると、そこそこ活気にあふれていた。

多くの人が行き交い、露店で野菜が売られている。

あっち側の露店からは肉を焼く香りが……それに刺激されて、俺の腹の虫が大合唱を奏でた。

そういえば、朝からなにも食べていないから腹が減ったなぁ。

よし、先に食事を済ませてしま……いや、その前に服だ。

リクルートスーツが珍しいのか、町の人がさっきから奇異なものを見るような目で、こちらを見ている気がする。それに、スーツで食事というのも堅苦しい。

ということで、近くの服屋を見つけてそこに入った。

建物の扉の上にある木の看板にシャツとスカート、帽子の絵があったから服屋だろう。

少しファンシーでピンク色の壁なので、女性物の服しか置いていなかったら困るが、それほど大きな町でもないので、専門店である可能性は低いと考え、俺は店の中に入った。

「はーい、いらっしゃい！　まぁ、可愛らしい男の子ね、私のタイプ」

そう言った、長いブロンドヘア、ハスキーボイスの店主はお姉さん――ではなく、オネエだった。あごが青く輝いているし、筋肉も隆々だ。なのに着ている服は赤いドレス。確実に入る店を間違えた。だが、入ってしまったものは仕方がない。さすがに回れ右をして逃げ出すのは失礼だ。

店内を見渡すと、さまざまな服が棚にしまわれていた。幸い、女性物と男性物の両方を扱っているようだ。ほかに客はいないらしい。

「服を一式、できればあまり目立たない服をいただきたいんですけれど……あと、この服、買い取ってもらうとしたらいくらになります？　あ、服の買い取りをしていたら、の話ですけど」

俺はリクルートスーツの上着を脱いで、女（？）店主に見せた。

上着を脱いで彼女（？）――いや、ややこしいから店主に統一する――店主に見せると、店主は難しい顔になり、

「うーん、そのネクタイ、ズボンとシャツもセットなら、うちだと三万センスね。金貨三枚分よん。上着だけなら一万センスかしら？」

え？　三万センス？　つまりは三百万円⁉　一万円のリクルートスーツと三千円のネクタイが？

それに、金貨一枚一万センス？　なら銀貨は一枚百センスだったのか？

ということは、ダイジロウさんがアイテムバッグに入れてくれたお金は十二万円ではなく、二百一万円かよ。凄い大金じゃないか。

思わぬ形で気付いた貨幣の価値に俺は驚愕した。

「それって……高い……ですよね」

「私個人の収入十二カ月、ちょうど一年分よ。店の貯金が全部なくなっちゃう値段ね。冒険者時代だと、一年働いても稼げなかったわよ」

元冒険者だったのか。その筋肉を見たら確かに納得だ。それにしても、冒険者って命がけというイメージがあるのに、あんまり儲からないんだなぁ。

「あの、どうしてそんなに高いんですか？」

恐る恐る尋ねた。どうしてだ？　この世界ではこの服は奇妙な服でしかないはずなのに。

俺の質問に、

「これ、発掘品《オーパーツ》でしょ」

店主はスーツの裾を抓んで確認するように言った。

「発掘品《オーパーツ》？」

このスーツが？　そもそも発掘品《オーパーツ》ってなに？

「あら？　知らずに着ていたの？　発掘品《オーパーツ》っていうのは、異世界召喚によってのみ現れる品物なのよん。異世界召喚をするには莫大な費用が必要なのに、ほとんど役立たずのものしか出てこないの。でも、そんなものでも時折、未知の物質が使われていることがあるのよん。たとえば、この服の織維みたいにね。私も長い間ここで服屋を営んでいるけど、こんな素材も編み方も見たことないわん。研究者あたりが買っていく可能性が高いから、その値段よ」

ときどき色目を使ってきて、そのたびに悪寒が走ってしまうが、説明には納得した。

ポリエステルなんて、この世界にはないだろうからな。

「あの、異世界召喚で生きている人間が召喚されるってことはありますか？」

「ないわよ。死体ならあるそうだけど、そのあたりは重要機密として扱われるようね」

そうか、異世界召喚技術を応用して日本に戻るのは難しそうだな。すぐに戻れるのなら家に戻って、ミリに異世界の話でもして、「おにい、就職できないからって、変な薬に手を染めたんじゃないでしょうね？」とか怒られる日常に戻りたかったけれど。

「そうですか……あ、じゃあ俺が着ている服、全部売りますから、服一式を五セットほどください。あと、下着もいくつかお願いします」

「麻、綿、絹の服があるけど、どれになさる？　上下一セットの値段が麻なら二十センス、綿なら六十センス、絹なら二百センスよん」

「あぁ……綿でお願いします」

麻の三倍の値段とはいえ、銅貨六十枚程度で済むのなら綿でいいや。さすがに二万円の服はパスだ。

服屋には、ほかにも縫い針や毛糸なども売っている。

縫い針は二本で一センスとなっていた。

一本五十円くらいなのだろうが、一センスより価値の低い貨幣がないため、二本まとめて売っているのだろう。

やはりというか、銅貨より価値の低い貨幣は存在しないようだ。鉄貨とかはないのだろう。硬貨を作るのにも手間がかかるから、あえて作っていないのだろうな。

試着室に入り、薄い緑色の綿の服と濃い緑色のズボンを着て腰紐を結ぶ。

よし、これでどこからどう見ても、異世界人の服装になったわけだ。あとは鎧とか装備したいところだが、この店には売っていないようだ。

ここは服屋だから当然だが。

「ありがとうございます、ぴったりです」

「気に入ってもらえて嬉しいわん。でも、お金はすぐ用意できそうにないわ。今日は五千センス渡しておくから、残りの二万四千七百センスは明日にしてもらえるかしら？　その代わり、下着の代金はサービスしてあげるわよ」

店の中に大金は置いておかないよな。どこかの質屋じゃあるまいし。俺は、わかりましたと伝えると、店主は紙になにかを書いて拇印を押して俺に渡した。文字はまったく読めないけれど、借用書とかそういうものなのだろう。店を出たところで、黒い革靴だけが微妙にいまの俺の服装から浮いていることに気付き、慌てて店の中に戻って皮の靴を買った。

んー、買い物をしても平民レベルが上がらないってことは、この町には消費税というものがないのかな。それとも、消費税はあるんだけど、間接税だと経験値にならないとか？

忘れていた。平民のレベルを確認すると、１５まで上がっていた。

この程度か。まぁ、五十センスの税金って、経験値四百倍だとすれば二万センス……金貨二枚の税金分の経験値だから、レベルが一気に上がるんだよな。

納得だ。服屋の店主さんの給料八カ月分らしいし。

服があんなに高値で売れたのなら、冒険者ギルドでウサギの値段を調べるのは今度にしようかな。アイテムバッグの中に入れてあるものは時間が止まるから腐ることもないそうだし。それに、ダイジロウさんからもらった金額もバカ高かった。金貨二枚分って、本当にこんなにもらっていいの？　って感じだ。合計金貨五枚分が労せず手に入ったようなものだ。五百万円だもんな。

……もう働くのがバカらしくなってきた。

「って、いかんいかん、心まで無職になるな、俺！　俺は無職の王になる男なんだからな！」

自分に言い聞かせるように叫ぶと、周囲の人から憐れみの視線が向けられた。反省します。てか、こんなノリの人間だから、いままで就職できなかったんじゃないだろうか？

とりあえず冒険者ギルドに行って、ウサギを売ることから始めよう。

それに、この世界について、ある程度はダイジロウさんの本で読んだけれど、自分でも調べておかないといけないと思う。勿論あの本を信じていないというわけではないが、町に入るための税金とか、およその職業を判別できる水晶玉とかについては書かれていなかったし、無職のスキルについても書いていない。情報は自分で見て確かめて、初めて身に付くものだと思う。就職するために会社の概要を資料で読んだだけじゃなく、実際にプライベートの時間に工場などを見学させてもらってから面接に挑んだ俺が言うんだ、間違いない。まぁ、その自動車会社も面接前の筆記試験でお祈りされたけど。

情報の集まる場所といったら、酒場——といいたいが、俺は酒はあまり得意ではない。二十歳になったんだから、飲むのは合法だけれど、若者のアルコール離れが進んでいるといわれる昨今、二十歳イコール酒飲み、というわけではないからな。

酒場の空気は肌に合わないのは目に見えているから、情報収集にはやっぱり、冒険者ギルドが一番か。

ということで、最初の目的通り、冒険者ギルドを目指すことにした。

が、その前に。

「おっちゃん！　そこの串焼き肉三本ちょうだい！　あとパンと水も！」

「はいよ！　ちょっと待ってな、あんちゃん」

露店で売っている食べ物を食べることにした。

仕方ないだろ、腹が減っては戦《いくさ》ができぬ、なんだから。


青い屋根、剣と盾の看板が目印の建物。

目的の場所はすぐに見つかった。

木造平屋の建物。扉は開いたままになっていて、屈強な男が大勢いる。いや、なかには美人なお姉さんもいるけれど。

……不安だな。

なんだろう、こういう冒険者ギルドとかって、俺みたいな男が入ったら十中八九絡まれる雰囲気があるんだけど。

で、でも多くの人がいるんだし、平気だよな、うん。

漫画やアニメじゃないんだし、白昼堂々喧嘩を売ってくるなんてことはないだろう。

なにを弱気になっているんだ、俺。こんなの面接前の扉を開けるときの緊張感に比べたら、屁でもないだろう。

ということで、俺は営業スマイルを掲げ、冒険者ギルドの中に入っていき、

「失礼します！」

大声で言って挨拶した。と同時に後悔した。

……やっちまった！　つい面接のときのクセで。

一気に視線を集めるが、大半の冒険者はすぐに興味を失ったのか視線を戻し、幾人かの冒険者が俺を見ていた。

でもまぁ、絡まれることがなさそうで少し安心。

俺は前に出て、空いている窓口に行き、挨拶。

「はじめまして、くすの……いえ、イチノジョウと申します」

楠一之丞と名乗ろうとしたが、ここは異世界。俺のステータスがイチノジョウである以上、その名前を使うことにしよう。

「いらっしゃいませ、ようこそ冒険者ギルドへ。本日はどういった御用でしょうか?」

そう挨拶を返したのは、茶色い髪に琥珀色の瞳の美人受付嬢だった。

そして、その耳は顔の横にではなく、上に付いていて……。

——狐耳きたぁぁぁぁっ！

思わず歓喜してしまう俺がそこにいた。いや、獣人好きというわけではないんだけどね。んー、こう、男のロマンを感じるよな。

カウンターの向こうをそっと覗くと、尻尾が見え隠れしていた。そこに痺れる憧れる。ふんわりした尻尾をモフモフしてみたい。

と、そろそろ用件を言わないと怪しまれる。面接モードだ。

「道中でウサギを三羽狩りまして、こちらで買い取りしていただけると伺いました。買い取りは可能でしょうか?」

「そうですか。ではまず、冒険者証明書の提出をお願いいたします」

「……冒険者証明書?」

「はい、教会や神殿で戦闘職に転職なさった方は冒険者である証明書がもらえます。申し訳ありませんが、冒険者以外の方からの買い取りはできかねます」

……そんな、つまりは無職のままだと、冒険者ギルドでアイテムの販売ができないってことか？

「戦闘職には、平民レベル5で転職できる狩人が、一番早く転職できる条件となっております。成人男性で税金を規定額納めている方なら、全員なれる職業ですよ」

「……えっと、転職しないで冒険者になる方法は？」

「ありません」

「どうしてもいまの職業のまま、冒険者ギルドを利用したいんですけど」

「申し訳ありません、規則でできません」

……そ、そんな。

いや、これもいい機会だ。ある程度無職レベルを上げたら転職を考えよう。

幸い、手持ちの金は余裕があるから、無職のレベルを上げる間の生活費くらいは大丈夫だ。

考えてもみろ。これは俺にいい加減、異世界でくらい就職しろ、という女神様からの前向きのメッセージじゃないか。

「こんにちは、カチューシャさん」

俺が考えていると、後ろから男が受付嬢に声をかけた。

長い銀髪の爽やかなおじさんだ。四十五歳前後だろう。

「こんにちは、マティアスさん。あの、ギルド内での営業はできれば避けてほしいのですが」

「わかりました。イチノジョウ様ですね？」

どうして俺の名前を？

って、あぁ、俺の声がでかかったから周囲に聞こえていたのか。

「いま、少し話が聞こえまして、なんでも冒険者ギルドに登録をしたいが、いまの職業を変えたくないとか。それなら、いい方法がございますよ」

「……え？」

いい方法？　またもや裏技？

「あの、マティアスさん、ですからギルド内での営業は――」

「失礼しました、カチューシャさん。では、説明をしますのでこちらへどうぞ、イチノジョウ様。安心してください、私とカチューシャさんは、友人としてですが親しい間柄。ギルド職員の友人に悪い人間はいません」

受付嬢の言葉を飄々とかわし、マティアスは俺を冒険者ギルドの外に誘った。

悪い人間じゃないといってはいるが、自分を怪しい人間じゃないっていう人のほうが怪しいんだけどな。

でも、これもなにかの運命なんだろうか？　こう、俺を無職のままでいさせようとする運命みたいななにかが、働いているんじゃないだろうか？

マティアスに促されるままに、俺は冒険者ギルドを出ていく。

そして、彼は歩きながら俺に説明を始めた。

「世界には冒険者ギルドだけでなく、錬金術ギルドや鍛冶師ギルド、漁師ギルドなど、さまざまなギルドが存在し、そのギルドに所属するには、特定の職業にならないといけません。ですが、転職せずにギルドからの恩恵を授かる方法が、ひとつあります」

マティアスは指を一本立てて言った。

「代理を立てればいいんです。たとえばウサギを売りたいイチノジョウ様なら、すでに冒険者である人に頼んで、代わりに売ってもらえばいい」

なるほど、確かにそれは有効だ。

「でも、それって反則じゃないのか？」

「いえいえ、これはギルドが黙認している行為です。勿論、中間マージンは必要ですがね」

「手数料がかかるってことか。つまり、マティアスさんがその冒険者で、俺のアイテムを代わりに売ってくれると？」

「いえいえ、私は冒険者ではありません。奴隷商を営んでおります」

奴隷商？

奴隷商って、あの……つまり、奴隷を売るってこと？　うわぁ、マジかよ。人身売買か。

奴隷がいることはダイジロウさんの本を読んで知っていたけれど、どこか遠い存在だと思っていた。

「あぁ、奴隷といっても、この国での奴隷の扱いはそう悪いものではありません。衣食住を与えるのは主人の義務ですし、扱いがひどいと国から罰を受けますから」

俺の顔色が悪くなったのを見て、マティアスが弁明という名の説明をした。

んー、でもなぁ。奴隷ってどうしてもイメージは最悪だ。

「当社では、奴隷の販売だけでなく、レンタルもいたしております。レンタルなら奴隷にもよりますが、一時間五センス。兎肉は一羽十センスで、冒険者に頼むと通常三割が冒険者の中間マージンになりますから、三羽売れば三十センスの三割、九センスが冒険者の取り分に、二十一センスがイチノジョウ様の取り分になります。ですが、奴隷をレンタルしたら、三十センスがあなたのものに、レンタル料の五センスを支払っても二十五センスが残ります。ちなみに、レンタルの奴隷に対しては暴力や性行為はすべて禁止です」

あぁ、それなら確かに悪い気がしない。

簡単にいえば人材派遣だ。

「ちなみに、買うとどのくらいなのでしょうか？」

買うつもりはないが、いちおう聞いてみた。

「奴隷にもよりますが、ヒュームだと一万センスから三万センスくらいです」

金貨一枚から三枚……百万円から三百万円程度か。

安くはないけれど、人間ひとりの値段としては高いとも言い切れない。

「勿論、特殊技能を持っている者もいるので一概には言えません。当店で一番高値の奴隷は、エルフとドワーフのハーフの女性でして、魔剣を鍛えられる鍛冶師をしています。彼女の値段は一千万センスです。レンタル料は一時間五百センスです」

レンタルなら時給五万円、売り値十億円……高いな。

魔剣鍛冶師とは、素材を加工して武器を作る鍛冶師の上位職で、特別な金属から魔剣を作ることができる職業らしい。

「そのほかにも人頭税の支払いの義務が発生します。毎年千センスの支払いが必要ですね」

毎年十万円……んー、この世界の一年も十二カ月だから、一カ月一万円以下の貯金でなんとかなるってわけか。

とはいえ、毎回五センス支払ったほうがいいか。毎日冒険者ギルドを使うというわけじゃないし、それに、奴隷を養う余裕は我が家にはありません。

マティアスの店は大通り沿いにあった。大きな煉瓦造りの家だ。ていうか、ほかの周囲の店よりも圧倒的に大きく感じる。

宿屋じゃないだろうか？　あ、いや、多くの奴隷が住んでいるのなら、このくらいの広さは当たり前なのか。

こんなところに堂々と店を構えるあたり、本当に奴隷は世間一般に認知されているんだな。

「いらっしゃいませ、ようこそ、白狼の泉へ」

かしこまってそう頭を下げたのは、男性の従業員だ。三十歳前後のように見え、首輪を着けている。

……そうか、あれが隷属の首輪か。

ダイジロウさんの本にも書いてあったな。あれを着けていると主人の命令に絶対服従になるのか。

とはいえ、目の前の男は顔色が悪いわけでもなければ、見えるところに怪我の痕などもない。清潔そうな男だ。

んー、まぁ接客をする場所に、見た目の悪い男は置かないか。

「この方は私のお客様です。それでは、イチノジョウ様、奥へどうぞ」

マティアスに促され、俺は奥の部屋に移動した。

奥は大きめの部屋になっており、ソファとテーブルが置かれている。

テーブルの上に万年筆とインクが置かれているところから考えると、ここで契約をするのだろう。

だが、テーブルの前のスペースがかなり広い。

あぁ、だいたい予想がつく。ここに奴隷を並べて、選べるってことか。

「イチノジョウ様、こちらをどうぞ。当店のサービスになっております」

「あ……ありがとうございます」

高そうなティーポットを持ってきたマティアスが、カップに紅茶を注いで渡してくれた。

砂糖は入っていないが、輪切りのレモンが浮いている。

「それでは、冒険者証明書を所持している奴隷を連れてまいります。こちらでお待ちください」

マティアスがそう言って去っていくのを見送り、とりあえず紅茶を飲んでみると、ちょうどいい熱さだった。

ただ、五センス支払って奴隷を借りるだけなのに、ここまで接待してもらっていいのか？　と思ってしまう。

まぁ、新規顧客が欲しいのはどこの世界でも一緒か。

今日は五センスでも、月に五回レンタルしたら二十五センス、一年で三百センスだから、銀貨三枚分。つまり、三万円相当の売り上げになるしな。

なら、これもマティアスにとっては初期投資なんだろう。

しばらく待つと、マティアスが戻ってきた。

――そして、俺は生まれて初めて見るその美しさに、腰を抜かしそうになった。

まるで髪そのものが光を放っているのかと見紛うほどの、白い髪の持ち主がそこにいた。

可愛いというより美しい女性。白い肌にはシミやソバカスのひとつもなく、日本のテレビや雑誌の中にいるモデルなど、彼女の足元にも及ばないように思えた。

そして、彼女が俺と同じ種族でないことは、その耳でわかった。

彼女の耳は横にはない。あるのは頭の上だった。

犬耳――白い毛で覆われた大きな耳だ。

「彼女はハルワタートです。ハルワ、もしくはハルとお呼びください。見ての通り、白狼族です」

白狼……あぁ、この店の名前にもなっている白い狼か。

犬耳じゃなくて狼耳だったらしい。口に出さなくてよかった。

「彼女でしたら、レンタル料は先ほど申した通り一時間五センスで構いませんが、イチノジョウ様は当店を初めてのご利用ですから、サービスで十時間五センスで構いません」

「……いや、十時間って、ただ冒険者ギルドに行ってウサギを買い取ってもらうだけなんだけど」

「必要がないと思われるのでしたら、時間内に連れ帰ってきていただいても結構です」

ま、まぁそうか。レンタルショップのＤＶＤレンタルで二泊三日の料金と一週間の料金が同じなら、自動的に一週間レンタルになるのと同じ理屈か。必要ないのなら返せばいいんだし。

俺が五センスを支払うと、

「では、十時間の契約をいたします」

と言って、マティアスがハルワタートの首輪に指を載せ、なにやら呪文のようなものを念じた。

そして俺に、彼女の首輪に触れるように指示をしたので、言われた通りにする。

すると、首輪に十個の光が灯った。

「これで契約終了です。一時間ごとに光が消えていき、十時間経てば光がすべて消え、奴隷としてのイチノジョウ様への契約も解除され、私が主人に戻ります。また、レンタルですので、乱暴な行為はなさらないでください。怪我をしているようでしたら、治療費をいただかないといけなくなります」

「わかりました」

何度も言うけれど、冒険者ギルドに行くだけだし、危険なことなんてあるわけがない。

ハルワタートは靴を履いていなかったが、俺の予備の靴ではサイズが合わない。マティアスに話すと、レンタル奴隷用の靴があるというのでそれを借り、ハルワタートに履いてもらって、ふたりで外に出た。

「よろしくお願いいたします、ご主人様」

綺麗な凛とした声とともに、ハルワタートが頭を下げた。

彼女が顔を上げたとき、その灰色の瞳が俺を映し出す。

ご主人様か……背中がむずむずするような恥ずかしい感じがする響きだ。メイドカフェに初めて入ったときのような気持ちかな。一度しか行ったことがないけれど。

ミリにメンバーズカードを見つけられてかなり怒られ、二度と行かないと誓った。

彼女みたいな美人の奴隷だと購入したくなるが、女性を金で買うというのはやっぱり受け入れられない。

それに、俺はいまだ無職の身だ。

奴隷とはいえ、家族を持つなんてとんでもない。

そういうのは、安定した収入を得られるようになったときに考えることにしよう。

「そういえば、ハルワタートさんはなんの職業をしてるの？　冒険者なのはわかってるけど」

ここで、

「実は医者をしています。なので冒険者ギルドには登録していません」

なんて言われたら困る。

「私は剣士をしています。それと私のことはハルワ、もしくはハルとお呼びください」

ハルワタートはそう言うと、恭しく頭を下げた。

「じゃあ、ハルさんと呼ばせてもらうね。剣士かぁ、剣士って見習い剣士からさらに転職できるんだっけ？」

「ハルで結構です。そうですね、見習い剣士のレベルが２０になれば剣士に転職できます。もっとも、見習い剣士レベル２５で取得できる剣術強化のスキルが有用ですから、それを取得してから転職なさる人が多いですね」

ハルはそう説明してくれた。

彼女はいまは帯剣していないが、剣を持たせたらかなり強いんだろうな。

でも、なんだろう。ハルには西洋の剣よりも日本刀のほうが似合う気がする。

剣士でも日本刀は装備できるのだろうか？　それとも、侍という職業があるのだろうか？

どちらにせよ、剣士という職業は羨ましい。

「いいなぁ、憧れる職業だ」

やっぱり異世界といったら剣と魔法だよな。

第二職業を見習い剣士に変えるかな。税金を払うときだけ職業を平民にしたらいいんだし。

あぁ、でもレベル1になったらステータスが下がるのかな。

あとで試してみよう。

「それなら、ご主人様も剣士になられてはいかがですか？　幸いここは迷宮の町、迷宮に籠もって三年もすれば剣士になれます」

「三年もかかるのか……」

俺なら三日くらいかかな。

「悪い、俺は理由《わけ》あって、いまの職業を変えられないんだ。でも、迷宮には行ってみたいな」

「それでしたら、是非私をお使いください。迷宮は慣れたものです」

ハルが俺の目を見て――お尻の尻尾をぶんぶん振っている。

うわぁ、この娘から迷宮に行きたいオーラがプンプン出ている。

普段は澄ましていてポーカーフェイスなので、尻尾で機嫌がわかるのはギャップ萌えしてしまう。

というか、すでにしている。

ここまで言われたら迷宮に行ってあげたいけれど。

「ごめん、マティアスさんから君には怪我をさせないように言われているんだ」

そう、あくまでもハルはレンタル奴隷。俺とハルのふたりだけで決めたことが、すべて許されるというわけではない。

「そうですか。いえ、私のほうこそ無理を申して失礼いたしました」

尻尾と耳がしゅんっとなる。

罪悪感がひしひしと押し寄せてくるな。でもまぁ、仕方ないよな。

ということで、冒険者ギルドに到着したところで、入口でウサギを三羽ハルに渡す。血抜きはしているが、解体はまったくしていない。

「白ウサギ二羽と黒ウサギ一羽ですね。かしこまりました、行ってまいります」

「一緒に行かなくていいか？」

「ギルドは黙認しているとはいえ、正規のパーティ以外の人間による代理報告は決して褒められた行為ではありません。ご主人様が今後冒険者ギルドに用事があるときに、不利にならないとも限りません。たとえ冒険者にならなくても、ギルドへの依頼は誰でもできますから」

確かに、その通りだよな。

カチューシャさんもマティアスに、ギルドの中での営業はやめてほしいって言っていたし。

まぁ、ここで隷属の首輪をしている彼女が、俺が売ろうとしていたウサギを売りにきたら、十中八九俺の代理だってことはバレるだろうが、一割か二割の確率で俺じゃない可能性が残ったら、ギルド側も強気には出られないってことか。

ならば、ここは素直にハルに任せておこう。

「急がないから、高値で売れるように頼むね」

「かしこまりました」

ハルが頭を下げ、ウサギを三羽持ってギルドの中に入っていった。

いくらで売れるかなぁ。

その間に、平民を見習い剣士に変えてみて、ステータスを確認した。

全体的にステータスは下がっているが、平民レベル1の頃に比べたら高い。

ほかにも、狩人や行商人、見習い魔術師などのステータスを見てみた。

行商人は平民とあまりステータスは変わらない、狩人は速度が高めで、ほかのステータスも平民より僅かに高い。それと幸運値がほかの職業が10なのに対し、狩人だけが20もあった。

見習い魔術師はやはりというか、物防が紙だな。HPと物攻も低く、魔法を覚えるまでは苦労しそうな職業だ。そのぶん魔攻やMPが高いので、魔法を覚えてからが楽しそうだ。

魔法……魔法かぁ。

子供の頃は少し憧れたりもしたもんだが、使えるのかなぁ。

呪文を詠唱したりするのだろうか？

それは中二病ぽくって少し格好悪いかもしれないが、この世界でそれが普通だというのなら、呪文の詠唱もやぶさかではない。

「ママ、あのお兄ちゃん、なんであんなに嬉しそうに笑っているの？」

「今日は天気がいいからじゃないかなぁ？」

目の前を女の子と母親が通り過ぎていった。

女の子は明らかに俺を指さしていた。

……やば、つい呪文を唱えて魔法を使うところを夢想してニヤついていたようだ。

少し恥ずかしいな。


って……あれ？

そういえば、やけに時間がかかっているな。混んでいるのか？

まぁ、もう少し待つか。


……遅い。そろそろ一時間経過する。


あれ？　もしかして、持ち逃げされた？

いやいや、隷属の首輪をしていたら奴隷は主人に絶対服従だって、ダイジロウさんが本に書いていたし。

あ、でも隷属の首輪の契約をしたのはマティアスだから、ふたりがグルで俺をはめたとか？

それなら十分あり得るし、あのとき俺が冒険者ギルドに入ろうとするのを彼女が止めたのも納得がいく。

いやいやいやいや、でもあのハルが嘘をつくとは――

「お待たせしました、ご主人様」

「ハ、ハル⁉」

急に声をかけられ、俺はびくっとした。声も裏返ってしまった。

「はい」

ハルは平静な顔をして頷く。

「あ、ええと、時間がかかったんだね」

「はい、ご主人様が時間はかかってもいいから高く売るようにとおっしゃったので、ギルドの解体所を借りて、ウサギを解体していました」

「……あぁ、それで時間がかかっていたのか」

「こちらが査定額のすべてです」

彼女が俺に渡したのは銀貨一枚、百センスだった。

あれ？　相場は一羽十センスだから、三倍以上？

「黒ウサギは通常のウサギの三倍の値段で売れました」

黒ウサギが三倍の値段だというのなら、一羽三十センスのはずだ。つまり白ウサギ二羽と合わせても、本来なら五十センスのはず。

「……倍の値段か。解体って凄いんだな……あの、ハル」

「はい、どうしました？　ご主人様」

「いろいろとごめんな」

俺が、ハルを疑ってしまったことを謝罪するために頭を下げると、ハルは顔は平静のままだったが、尻尾が大きく慌てるように揺れていた。

そして謝罪のあと、おわびの意味も込めて串焼き肉を買って、ふたりで食べた。

こうして少し休んでから、俺たちはマティアスの店に戻った。

◆◆◆

「ご主人様、ありがとうございました。少しの間でしたけれど、久しぶりに外に出られて楽しかったです」

「またギルドに行くことがあると思うから、そのときはよろしく頼むね」

恭しく頭を下げるハルに対し、俺も頭を下げた。

本当にいい子だ。今度からはハルのみの指名でいこう。

指名したら割高とかになるのかな？

そしてハルは奥へと入っていき、入れ替わりにマティアスがやってくる。

「お早いお帰りでしたね。その様子だと迷宮には行かれなかったようですね」

「勿論ですよ。彼女を傷付けたら治療費を支払わなければいけないって言ったのは、マティアスさんじゃないですか」

　俺は笑って言葉を続けた。

「まぁ、ハルも迷宮に行きたいようでしたけれど、そういうのは冒険者のスポット参戦とかで行ってもらったほうが、彼女もいいと思いますし」

　俺ももう少しウサギを倒して、迷宮に潜れるくらい強くなったら、そのときはハルと一緒に迷宮探索をしてもいいな。一日百二十センスだから、それで元を取れるくらい稼げるようにならないとな。

　とはいえ、いまの俺は無職。しかも弱い、ただの雑魚だ。彼女を守ってあげられる力も、彼女にいいところを見せる力もない。

「それはできないんですよ」

　マティアスの返事は思いもよらぬものだった。

「え？」

「この国は奴隷にとってはそこそこ過ごしやすく、奴隷からも買われる主人をある程度指定できるんです。たとえば、性別や年齢など。ただし、それは一年目の奴隷に限られます」

「一年目？」

「奴隷商を守るための法律なんですよ。絶対に誰にも買われたくない奴隷が、条件を厳しくしたら困りますからね」

「あぁ、なるほど」

つまり、奴隷になれば、一年以内にいい主人を見つけようと努力する。けれども時間が過ぎていけば、ある程度妥協をすることになる。

一年を経過したとき、自分が最も嫌なタイプの主人に買われることを考えたら、妥協していくだろうし、買ってもらおうと努力するわけか。

「ええと、その制度はわかりましたが、いまの話の流れだと、ハルもなにか条件を出しているんですか？」

「ええ。彼女が出している条件は、自分よりも強い人です。白狼族は自分よりも強い相手にしか忠誠を誓わない。自分よりも下の者に忠誠を誓うのは、死以上の屈辱であるとされていますから」

……そんな状態なのに、彼女は俺のことをご主人様って呼んでくれていたのか。

申し訳ないことをした。

「……えっと、で、まだわからないことが。それが、彼女がほかの人と一緒に迷宮に行けない理由に繋がらないんですけど」

「実は、彼女を身請けしたいという貴族の方がいらっしゃいまして、その方は冒険者ギルドに多額の支援をなさっている方なんです」

……あぁ、だいたいわかった。

つまり、彼女をパーティに誘うなどして手を出したら、そのお偉いさんに睨まれるというわけか。

それは、冒険者としての出世の道がなくなる、ということだ。

もしかしたら、冒険者ギルドに素材を売りにいったとき、ハルが俺を外で待たせたのも、そのことを知っていたから？

「勿論、貴族様とはいえ法は守らなくてはいけません。彼女がその条件を変えない以上、その貴族様がハルワタートを買うには、彼女と勝負して勝たなければいけません。ただし、彼女が奴隷になって一年が経過するまで、ですが」

一年が経過すれば、誰でも彼女を買えるようになるってことか。

「……ちなみに、その一年が経過する日っていつなんですか？」

「今日からちょうど十日後の正午です」

マティアスはそう言うと、申し訳なさそうに言った。

「申し訳ありません、イチノジョウ様。あなたが冒険者でないことを知り、その貴族様の影響下にないと思い、彼女を紹介したのです。少しの間だけでも、彼女を外に出させてあげたかったのです。奴隷は主人がいないと外に出ることもできませんから」

そうか、それで、彼女はあんなに迷宮に行きたがったのか。

貴族に買われたら、自由に外に出られなくなるから。

「……最後の質問。彼女の値段は？」

「彼女ほどの美人ですと、通常十万センス。ですが、ハルワタートの提示した条件を満たす人間がいたら、三万センスでお譲りするというのが、彼女の売り主との契約になっております」

三万センスか……リクルートスーツの買い取り価格と同じか。

あぁ、勿論買わないよ。

そのお金は大事に使う予定だし、なにより、いちいち同情していたら、俺は世界中の奴隷を買わないといけなくなる。

店の外に出て大きく深呼吸をする。

そもそも、彼女を買うことによるメリットはなんだ？

俺の成長チートなら、別にソロでもやっていける。

冒険者ギルドの利用なら、今日みたいに奴隷をレンタルすればいい。人頭税を支払わなくていいぶん安くつく。

確かに彼女は美人だが、今日、一時間ちょっと——いや、実際のところ数十分一緒にいただけじゃないか。

そんな相手のために三万センス？　三百万円？　合理的に考えて、それこそナンセンスだ。

それに、いまの俺がハルを買ったところで、彼女が幸せになれるとは限らない。

少なくとも、俺はいまの彼女より弱いんだから。

『君の志望動機には熱意が感じられない』

これは、あるＩＴ企業の面接官からの言葉だ。

……なんでいまさら、面接官の言葉を思い出すんだ？

『君の志望動機は確かに合理的であり、模範回答としては素晴らしい出来だ。だが、その志望動機の中に君自身があるのかい？』


そう問われたとき、俺は結局その答えを見出せなかった。

結果、お祈りメールが届いた。

いまの俺の考えに——俺自身があるのか？　あるに決まってる。俺が考えた、考え出した答えなんだから。


だいたい、正しい答えってなんだよ？

合理的に考えてなにが悪いんだ？


『おにいのやり方は合理性に欠けるよ。なんで高校を中退するのさ。お父さんたちの生命保険を使えば、おにいは間違いなく高校を卒業できるのにさ』

……なんでここにきて妹の言葉を思い出すんだ？

確かに生命保険を使えば高校は卒業できた。でも、父さんたちが残したお金は、ミリの大学卒業までの費用にしたかった。

俺が高校を卒業してから稼ぐほうが合理的な気もするけれど、俺はそうしたいと思った。

『……おにい、後悔していないの？』

泣きそうになっているミリが、俺にそう尋ねた。あのとき、俺はなんて答えたか？

後悔なんてしていない。確かそう答えた。

「たとえバカな選択だろうと、それが正しかったたって証明してやるよ」

そうだ。これがあのとき出した、俺が出した、俺自身の考えだ。

だとしたら、俺はどうしたい？

合理的な考えなんて捨てて、俺はいったい、どうしたいと思っている？

「俺は、ハルを買いたい」

独りよがりだと思う。もしかしたら貴族の下で暮らしたほうが、彼女は幸せかもしれない。

それでも俺は後悔せずに済む。

それだけは確かだ。

期日は十日……いや、九日後にハルに勝負を挑み、彼女に勝つ。

それまでに装備を整えて強くなる。

でも、それには、強くなるには、まだこの世界についての情報が足りない。

となれば、調べないといけない。

俺がこの町で知り合った人は五人。

それぞれの人について考えていく。

冒険者ギルドには頼れない。貴族の目がどこにあるかわからないからな。

マティアスに説明するのもいいが、あまりハルに期待を持たせたくない。俺が強くなれるとは限らない。才能の問題もあるだろうし。

ハル本人に聞くのも、勿論論外だ。

一番頼りになるのは門番のお姉さんだろう。でも仕事中だし、あまり迷惑をかけるのもよくない。

となれば、残るはあとひとり。

一番頼れるであろう人間がいる。

元冒険者であり、いろいろと教えてくれそうな人が。

ということで、俺は意を決して、その店の扉を開けた。

「店主さん、俺を漢《おとこ》にしてください！」

「喜んでよん！」

服屋のオネエ店主が鼻息を荒くして、こちらに突撃してきた。

すんでのところでその突撃を躱す。直撃されたら気を失うところだった。

俺の言い方が悪すぎたようだ。

◆◆◆◆◆

その後、なんとか貞操を守り切った俺は、強くなりたい理由について説明をした。

漢にしてとは、ある女の子を守るための力が欲しいことだと告げた。

それで、服屋の店主はようやく事情を理解してくれた。

お互い改めて自己紹介をして、服屋の店主――マーガレットさんは言った。

「男ねぇ、感動させてもらったわ。うん、イチ君の初めてはすっぱり諦めるわ」

初めてだけじゃなく、二度目、三度目、すべて諦めてほしい。

「えっと、諦めてもらえるのはありがたいんですけれど、なんで俺が初めてだと？」

「あらん、女は男の香りで、その男の経験数がわかるものよ」

と、マーガレットさんは口に手を当てて微笑んだ。

――あんたは女じゃねぇだろ！

てか、絶対嘘だろ。もしも本当だとしたら、俺はこれまで女性の前で、かなり恥ずかしい振る舞いをしていたことになるぞ。

「白狼族は確かに、自分よりも弱い相手に仕えることを最大の屈辱とするものよ。死んだほうがマシだというのもウソではない。でも、隷属の首輪をしている以上、自ら命を絶つこともできないわ。奴隷はそう命令されているはずだから」

「……そうなんですか」

死よりもつらいこと。

それが延々と続くとなると、それは絶対に幸せじゃない。

「それで、イチ君はなにをしたいのかしら？」

「彼女よりも強くなって、彼女を買いたいです」

「……気持ちは立派よ。でも、それは難しいわ。白狼族は強いわ。聞いた話だと、その奴隷の白狼族の子はまだ若いからレベルも低いと思うけど、それでも一朝一夕で追いつける差じゃないわ。イチ君、まだ冒険者ですらないんでしょ?」

「はい。でも、見習い剣士レベル1になり、成長できるまで成長しようと思います。なので、マーガレットさんにアドバイスをいただこうと思ってここに来ました」

幸い、俺には成長チートがある。無職チートもある。

九日もあれば、ハル以上の力を身に付けられる可能性はある。

「そう、あなたの中では決まっているのね。決意した男の子を止める権利は女にはないわ」

だから、あんたは女じゃねぇだろ。

それに、俺は男の子って年齢じゃないんだけど。二十歳だし。

「わかったわ。ちょっと待ってて」

マーガレットさんはそう言うと、店と俺を放って、店の奥へと向かった。

そして五分後、それを持って帰ってきた。

「剣と軽鎧よ。あなたにぴったりだと思うから、これを使いなさい」

少し古そうだが、それでも綺麗に手入れされている軽鎧と、鞘に入った剣だった。

「え? いや、剣と鎧は自分で買おうと思っているんですが」

「それでもいいのだけれど、この町で武器と鎧を買うことができるのは、冒険者ギルドの奥にある施設だけよ。鎧はともかく、剣となると、冒険者ギルドのメンバーか、国から許可をもらった人しか買えないわ。イチ君の話だと、冒険者ギルドに知られるのはまずいんじゃないの？」

そうだったのか。

確かに、それはダメだ。いまの俺に変な横槍を入れられたら困る。

「でも、この鎧と剣はいったい……サイズ的にマーガレットさんのものではないと思いますけど？」

「私の冒険者時代の相棒のものよ。イチ君とそっくりのとても可愛い男の子だった。そして、彼のことが好きだったわ」

冒険者時代のマーガレットさん……想像したら、とてもいかつい男のように思える。

「でも、魔物に殺されてあえなく死んじゃってね。私は彼以外の人と一緒に冒険者として仕事をするつもりはなかったから、私も引退したってわけ。冒険者も、男としての生活もね」

悲しい話のはずなのに、男としての生活を引退するとか意味のわからない発言のせいで、すべて台無しになっている。

でも、話を聞くと、つまりこれらはその相棒さんの形見の品ってことじゃないか？

「そんな大事なもの……俺が使ってもいいんですか？」

「道具は所詮道具。イチ君に使ってもらえたら彼も喜ぶでしょう。彼の墓前には、彼の好きだったマーガレットの花を供えて、お礼を言っておくわ。じゃあ、イチ君、両手を上げて」

俺が両腕を上げると、マーガレットさんが軽鎧を着けてくれた。

その間に、第二職業を見習い剣士に変えておく。

平民のレベルが高かったせいで、ステータスが一気に下がった。特に魔法系が弱い。

ただ、平民レベル1のときと比べたらHP・物攻・物防がだいぶ高い。

ステータスを確認している間に、鉄の軽鎧を装着し終えたらしく、装備欄に表示されている。

「これが剣よ。でも、たぶんいまのあなたには装備はできないわ。剣を剣として使うには、見習い剣士レベル2で覚えられる剣装備が必要なの」

え？　と思って鞘を抜こうとするが、鞘が抜けない。

ステータスを確認したら、確かに装備欄にも剣はなかった。

「初心者迷宮一階層にいるのはコボルトのみよ。いまのイチ君なら、一対一だと負けることはまずないわ。だけど、二対一は避けてね。速度はイチ君のほうが速いと思うから、簡単に逃げられるわ。コボルトなら三匹倒せばレベル2に上がれるわよ。レベル2に上がれば、剣を装備して素振りをするだけでも、僅かだけど経験値が増えるわ」

「わかりました」

俺なら成長チートがあるから一匹か。コボルトを一匹倒せばいいんだな。

白ウサギを倒しにいくという手段もあるけれど、いまから行ったら夜になる。そうなったら狼相手に戦うことになる。

どちらが強いかはわからないが、どちらも危険だとするのなら、マーガレットさんのお墨付きをもらった迷宮に行こう。

「あと、迷宮についての注意事項よ。迷宮の中で倒した魔物は全部その場で消滅して、魔石とアイテムを残すの。魔石の大きさやアイテムの出現率は、ステータスのなかの幸運の値によって変わるみたい。魔石は多くの魔道具のエネルギーとして使われて、冒険者ギルドでも買い取ってもらえるから、集めておいて損はないわよ。イチ君の大切な子を手に入れたら、売ったらいいわ。あと、夜はここに来なさい。武器の手入れの仕方を、手取り足取り教えてあげる」

足取りはいらないだろ……とか思ったが、好意は素直に受けておくことにした。

最後に、初心者迷宮の地図までもらい、本当に至れり尽くせりだ。

このお礼は、いつか体以外でお返しすることにしよう。

俺は見習い剣士を第二職業に設定できても、正式な転職ではない以上冒険者証明書はもらえないから、冒険者ギルドはやっぱり使えないんだけどね。

迷宮の場所は町の隅、歩いて十分くらいのところにあると聞いた。そこを目指して歩くと、迷宮の入口らしい、地下に続く階段があった。まるで地下鉄の入口みたいだ。

屋根があって、階段の入口付近が少し盛り上がっているのは、迷宮の中に雨水が入らないための工夫なのだろう。

その入口の前には、槍を持った、青髪、褐色肌の美人の女性――

「って、あれ？　さっきの門番のお姉さん？」

町の入口にいたお姉さんが槍を持って立っていた。

「あら、お兄さん、迷宮に入りにきたの？　私もちょうど持ち場の交代の時間だったのよ。偶然ね。冒険者ギルドには行けたの？」

「はい、お陰様で」

「そう、ならよかったわ。迷宮に行くなら気を付けてね。初心者向け迷宮だけど、毎年数十人は死んでいるし、その数十倍の人が大怪我を負っているのよ。初心者を狙った盗賊もいるみたいだし」

「はは、気を付けます……」

「私もあとで巡回の時間になるから、機会があったら中で会いましょ」

お姉さんがそう言ってくれたので、

「そのときはよろしくお願いします」

と言って、俺は中に入っていった。

迷宮の中は薄暗いのかと思ったが、そこそこ明るい。

光源はどこなんだろうと思ったら、どうも天井全体が輝いているようだ。

んー、ＬＥＤ照明かなぁ。

とりあえず、いまはコボルトを探さないといけない。

通路をしばらく進んだが、見つからないなぁ。魔物って滅多に出ないのか？

と思い、通路を曲がったら、第一コボルト発見。二本足で歩く犬という感じだ。服は着ていない。

だが、後ろ姿が見えただけで、すぐに通路の奥を曲がってしまった。

見失わないように、俺はアイテムバッグに入れてあった尖った石を取り出して、走り出す。

尖った石はウサギの血で少し赤く染まっている。これを使うのも今回が最後になると思うと感慨深い。思い出なんてほとんどないけど。

そして、角を曲がって見つけたのは——二匹のコボルトだった。

『二対一は避けてね。速度はイチ君のほうが速いと思うから、簡単に逃げられるわ』

マーガレットさんの言葉が甦る。

よし、逃げよう！

いちおう、ただの見習い剣士レベル1ではなく、無職のステータスが上乗せされているから勝てないことはないと思うんだけど、安全マージンは大事だ。

そう思って踵《きびす》を返して——俺が見たものは——反対側から歩いてくる二匹のコボルトだった。

やばい、囲まれた！

前方にコボルト二匹、後方にコボルト二匹。

これはかなりのピンチだ。

「おい、見ろよ、エリーズ。初心者《ルーキー》がコボルトに襲われているぜ」

「本当ね、ジョフレ。剣を持っているのに抜かないあたり、レベル1の見習い剣士かしら」

助かった。前方から冒険者が来た。

赤い髪の十八歳くらいの男と、青い髪の十七歳くらいの女だ。

男のほうは剣を、女のほうは鞭を持っている。

よかった、助けてもらえる。

そう思ったが、どうも様子がおかしい。

「よし、エリーズ、賭けないか？　コボルトとあの初心者《ルーキー》、どっちが勝つか」

「ジョフレ、勝負になるの？　どう見ても戦ったことのない素人じゃない。石でコボルトと戦おうなんて。やっぱり助けたほうがいいんじゃないかな?」

「勝負はやってみないとわからないさ、エリーズ。じゃあ、俺はあの初心者《ルーキー》に賭ける。おい、初心者《ルーキー》、俺たちは助けない！　自分の力で切り抜けるんだ！」

おいおい、マジかよ！

「助けてくれないのかよ」

「当然さ。冒険者はお互いライバル、君を助けていいことなんて俺たちにはないさって、冒険者の先輩に昔言われたんだよ。獅子は我が子を谷底に落として這い上がってきたものを褒めるんだよ。ガンバレ、初心者《ルーキー》！　応援してるぜ！」

「私たちもあのときは死にそうな目に遭ったわね。でもお陰で強くなれたわ。君も頑張ってね」

これは全然、事態が好転していない?

と思ったら、前方のコボルトがエリーズとジョフレと呼び合う冒険者に向かおうとした。

よし、これで後ろの二匹に集中できる――そう思ったのだが、パシンっ、と鞭の撓る音が聞こえた。

「こっちに来たらダメよ！」

エリーズの鞭がコボルトの向きを反転させる。あれもスキルか。

事態は好転どころではない、前方からコボルト二匹がこちらに向かって襲いかかってきた。

くそっ、こうなったら腹をくくるしかない。

「お前ら、狂犬病の予防接種とか絶対受けてないだろ。絶対に俺を噛むんじゃないぞ」

そう言って、俺は尖った石を構えた。

一匹、一匹だ。一匹倒せばレベルが上がる。

そうしたら、剣も使えるようになるし、この状況も切り抜けられる。

一対二がきついと言っていたのは、ただの見習い剣士の場合だ、俺は無職のステータスも併せ持っている。

ならば――勝てないことはない！

俺は意を決して、後ろへと走った。

そして、二匹のコボルトの間に向かって突撃する。

コボルト二匹が爪を延ばしてこっちに斬りかかってきた。が、俺はその間をタックルで強行突破。

受けたのは切り傷くらいだ。

そして、俺はそのまま走った。

当然、コボルト四匹は追いかけてくるが、速度は俺のほうが上。ならば当然差は開く。

でも、俺はそこで走るペースを緩めて振り返る。

案の定、同じコボルトでも速度に差があるらしく、一匹が突出して前に出ていた。

それを見て、俺は反転！　ほかのコボルトが来るまでの間、一対一の勝負ができる！

一気に決める。狙うは致命傷となるであろう首のみ！

俺は尖った石を持ってコボルトに体当たりする。

コボルトは大きな口を開けて噛みつこうとしてきた。俺も同時に右腕を前に出す。

結果――

いってぇぇぇっ！　馬に踏まれたときの次に痛い！　いや、それ以上かもっ！

コボルトの牙が俺の左肩に食い込んだ――が、それと同時に、俺の尖った石がコボルトの喉元を貫いた。

コボルトの喉から血が噴き出て、俺の顔を赤く染めた……が、その血もコボルトも光となって消え、魔石と牙を残した。

あれ？　レベルが上がらない⁉

俺は踵を返し、再び逃げることに……いったい、なんでレベルが上がらないんだ？

もしかして、戦闘中だとレベルが上がらないとか？

そして、その予感は的中した。

ある程度逃げたところで――

【イチノジョウのレベルが上がった】

【見習い剣士スキル：剣装備を取得した】

【見習い剣士スキル：スラッシュを取得した】

【職業：見習い槍士が解放された】

【無職スキル：第二職業設定が第三職業設定にスキルアップした】

【無職スキル：職業鑑定を取得した】

【自動的に第三職業を平民ＬＶ１５に設定しました】

レベルアップのお知らせが。

やはり、戦闘中だとレベルは上がらないのか。

平民よりは狩人にしておこう。

第三職業を狩人に変更と念じて、ステータスを確認しようとしたところで、距離をおいていたほかのコボルトが迫ってきていた。

剣装備のスキルはすでに入手している。

ならば――と俺は腰の剣を抜く。

さっきは鞘も抜けなかった剣だが、いまはとても軽い！　剣が手に馴染む。

これが、スキルの力か。

そして、次に気になったのが、スラッシュというスキル。スラッシュってどんなスキルなんだ？

イメージだが、こういうのって、叫んで振れば使えるものなのか？

「スラッシュ！」

俺は念じて、剣を大きく振った。

直後だった。剣から出た衝撃波が、迫ってきたコボルト三匹の胴体を真っ二つにした。

胴体を薙ぎ払われたコボルトは、黒い霧のようなものになって霧散した。

【イチノジョウのレベルが上がった】

【見習い剣士スキル：回転斬りを取得した】

【狩人スキル：弓矢装備を取得した】

【狩人スキル：解体を取得した】

またもや一気に成長した。

俺は、落ちている光る石と、爪を拾った。

おそらく、この光る石が魔石なんだろうな。

爪はドロップアイテムか……とりあえずアイテムバッグに入れておこう。

ふぅ、なんとか終わった。

肩の痛みもだいぶマシになったし、出血も止まった。

とりあえず、ステータスオープンと念じた。

…………………………………………

名前：イチノジョウ

種族：ヒューム

職業：無職ＬＶ３７　見習い剣士ＬＶ１３　狩人ＬＶ１１

ＨＰ：６３／７４（１０＋４１＋２３）

ＭＰ：２８／３０（８＋１２＋１０）

物攻：７５（９＋４１＋２５）

物防：７０（７＋３４＋２９）

魔攻：１９（４＋８＋７）
魔防：２２（３＋１０＋９）
速度：５９（４＋２０＋３５）
幸運：４０（１０＋１０＋２０）

装備：綿の服　皮の靴　鉄の軽鎧　鋼鉄の剣
スキル：【職業変更】【第三職業設定】【投石】【剣装備】【スラッシュ】【職業鑑定】【回転斬り】【弓矢装備】【解体】
取得済み称号：なし
転職可能職業：平民ＬＶ１５　農家ＬＶ１　狩人ＬＶ１１　木こりＬＶ１　見習い剣士ＬＶ１３　見習い魔術師ＬＶ１　行商人ＬＶ１　見習い槍士ＬＶ１
天恵：取得経験値２０倍　必要経験値１／２０

…………………………………………………………………………


きっちり、装備に剣が追加されている。

これは……確か、この世界のヒュームの平均ＨＰは５０らしいので、すでに平均を上回った。

だが、ＨＰが１１も減っていた。さっきまでＨＰが３０だったから、三回噛まれたら死んでいたってことか。

ウサギの攻撃は痛かったけどHPがまったく減っていなかったから、やはりコボルトの威力には驚かされる。

安全マージンを確保していると思っていたけど、結構ギリギリの戦いだったんだな。

あと、MPが2減っている、おそらく、スラッシュを使って消費したものだろう。

「よし、エリーズ、勝負は俺の勝ちのようだね」

「凄いわ、ジョフレ、さすがよ。ねぇ、彼はどうするの？」

「ボスもいまはいないし、放っておいていいだろう。じゃあ約束通り」

ジョフレという男が、エリーズの唇を強引に自分の唇へと寄せた。

「君の唇は俺のものさ」

「もう、ジョフレ……今度こそあなたの唇を奪えると思ったのに」

……リア充爆《は》ぜろ。

俺はこのとき、素直にそう思った。

と、そうだ、職業鑑定！

あれってどう使うんだ？　試しにバカップルのふたりを見て、職業鑑定と念じてみた。

【見習い剣士：LV23】

【鞭使い：LV15】

おぉ、見られた。

頭の上にメッセージのように流れる。

結構強いんだな。

去っていくふたりを見ていると、もうひとつ、別の足音がこちらに近付いてきた。

顔が見えると同時に、職業とレベルも確認できた。

【見習い槍士：LV16】

あれは……あ、やっぱり門番のお姉さんだ。

「あれ？　さっきのお兄さん、大丈夫？　怪我しているみたいだけど」

「大丈夫ですよ、かすり傷です」

本当はかなり痛いんだけど、泣き喚くほどでは……いや、意識したらさらに痛みが膨れ上がってきた。

痛い、まじで。

「大丈夫じゃないみたいね。はい、これ飲んで」

顔をしかめた俺に、お姉さんは鞄から薬瓶を取り出した。

「これ、ポーションですか？」

ダイジロウさんの本によると、ポーションは、ＨＰの回復速度を大幅に上げる効果がある薬だという。ゲームのポーションとは少し違うんだよな。

「安物だけどね。支給品だから、飲んでも構わないわ。消費アイテムとして申告しておくと補給してもらえるし」

「では、お言葉に甘えていただきます」

ポーションはとても苦い味だったが、それでも確かに肩の傷の痛みがだいぶ引いた。

「それじゃあ、私はいまから五階層まで行って、三時間後には入口に戻るけど、お兄さんは無茶しないでね」

「はい、ありがとうございます」

んー、いい子だなぁ。

今日は帰って、素振りをして経験値を貯めることにしよう。

一時間素振りをすれば、四百時間分の経験値だ。

その後は魔物に出くわすこともなく、俺は迷宮を出た。

閑話　～とある牧場主の愚痴①～

男の名前はガリソン。

元冒険者だ。

いまは冒険者を引退して、実家の牧場を継いで、朝早くから汗を流して働いている。

牧場といっても牛二十頭と、馬七頭しかいない、しがない牧場だ。

とはいえ、それだけでもこの町全体の牛乳を賄うには十分であり、フロアランスの牧場といえば、ガリソンの牧場の名前が出てくる。

乳を搾り出すのは一苦労だが。

「で、お前たち、なにしに来たんだよ。言っておくが、うちには牛乳は売るほどあるが、無料《ロハ》でやるほどはないぞ」

ガリソンは乳を搾りながら、訪れた知り合いの顔を見た。

赤い髪の男と青い髪の女——ジョフレとエリーズだった。

「そういうなよ、ガリソン！　元仲間の誼《よしみ》じゃないか」

「そうよ、ガリソン！　元仲間の誼じゃない」

ガリソン、ジョフレ、エリーズの三人は、もともと同じパーティで冒険者として働いていた。

そして、ジョフレ、エリーズと一緒にいるのが嫌で、ガリソンは冒険者を引退した。

超一流の冒険者になりたいと言ったガリソンに、ジョフレとエリーズはサプライズとして、ガリソンに目隠しをしてある場所に連れていった。そのときガリソンは、ふたりが自分のために剣を用意してくれたのかと思ったら、

「超一流の冒険者になるならドラゴンを倒せばいいんだ！」

と笑顔でふたりは言って、ガリソンが目隠しを外された場所は上級ダンジョン……冒険者のなかでも千人にひとりしか攻略できないといわれる超難易度の高い迷宮で、しかも目の前に腹を空かせたドラゴンがいた。

あのとき、どうやって逃げ延びたのか、ガリソンはいまでも思い出せない。正直、十回同じことが起これば九回は死んでいた、そんな恐ろしい体験だ。

それだけではない。

ことあるごとにガリソンは、ふたりのサプライズという名目のバカに殺されそうになった。

だから、ガリソンはある日、ふたりと一緒に中級迷宮に行き、魔寄せ香を置き、魔物をおびき寄せ、ふたりを置いて逃げた。

ガリソンはふたりを見殺しにした。

だが、ふたりは死ななかった。死にそうな目に遭いながらも、ガリソンのもとに戻ってきた。

あのとき、初めてふたりは怒った。

「お前のせいでエリーズが死ぬところだったぞ、ガリソン！」

「ガリソンのせいでジョフレが死ぬところだったのよ！」

つまりは、ふたりは自分はどうなってもいいが、相棒が死にそうになったことを怒っていた。

おかしな奴らだと、ガリソンは思った。

そのとき、ガリソンはふたりに言った。

「あれは、お前たちを成長させるためにわざとやったんだ。獅子は我が子を谷底へ突き落とすんだぞ。それと一緒だ。お前らには緊張感が足りなかったからな。どうだ？　レベルが上がっただろ？」

我ながら適当すぎる言い訳だとガリソンは思った。だが、ふたりは柔和な笑みを浮かべ、

「そうだったのか！　てっきりガリソンが俺のことを嫌いになったのかと思ったよ。よかった」

「そうだったのね！　ガリソンが私のことを嫌いになったのかと思ったわよ。よかった」

そのときだった。ガリソンが冒険者を辞めようと決意したのは。

ふたりと一緒にいたら、ガリソンはふたりのことを嫌いになる前に、自分のことが嫌いになるからだ。

◆◆◆

なのに、なんでふたりとの付き合いが続いているのか。

ガリソンは嘆息混じりに考えた。

「お前ら、まだ冒険者を続けているのか？」

相変わらずのふたりに、結局、搾りたての牛乳を飲ませながらガリソンは尋ねた。

こいつらが冒険者である間は問題ばかり起こすからな。前に魔物の巣から孵化寸前の魔鳥の卵を持ち帰り、町の中で孵化させてしまって、冒険者ギルドにかなり絞られていた。

「いや、いまは冒険者を辞めて義賊をやることにしたんだ！」

「正義の使者ね！」

唇の上に牛乳を付けながら、ふたりは意味のわからないことを言っている。

「ところで、ガリソン。酒があったら分けてくれないか？」

「うちは酒屋じゃねぇぞ。ったく、いったいどんだけ必要なんだ？」

「樽ひとつ分くらいでいいぜ？」

ガリソンはジョフレを張り倒した。

でも結局、酒瓶を三本持っていかれた。

「それにしても、あいつら、いつから酒なんて飲むようになったんだ？」

第二話　初心者迷宮攻略始めました

マーガレットさんに武器の手入れの仕方を聞いておこう。ということで、まずはお礼をかねて服屋に向かった。

って、宿も取らないとな。部屋空いているかな。

武器の手入れの仕方を聞きにいくついでに、いい宿屋がないかマーガレットさんに聞こう。

そう思ったら、

「あらん、ちょうどよかったわ。うちのお店、二階と三階が下宿部屋なのよ。部屋も空いているから、イチ君も泊まっていけばいいわ」

……下宿もしてるのね……ま、まぁ、ここは迷宮からも近いから、お世話になるか。

「ふふふ、ネグリジェはタンスの奥だったわねん」

……貞操の危機、再び……。

一時間半ほど武器の手入れの仕方をマーガレットさんに教わり、店の手伝いをさせてもらった。

「男の子がいると重いものを運んでもらうのに助かるわ」

と、ふたりで荷物を動かしていたんだが、明らかにマーガレットさんのほうが力がありそうだな。

そのあとは、服屋の裏庭で素振りをしていた。

素振りというのも侮れない。

二時間素振りをしただけで、見習い剣士のレベルが2上がった。

まぁ、四百倍成長しやすいから、八百時間分。一日四時間素振りをする人の二百日分というわけだからな。そりゃ、レベルも上がるわ。

「イチ君、素振りはそのあたりにして、これで汗を拭いて、食事にしましょ。あと、洗濯物はトイレの横の籠の中に入れてくれたら、洗っておくわよ」

マーガレットさんがそう言って、桶と布を置いていった。桶の中からは湯気が出ている――わざわざお湯を用意してくれたようだ。

すでに陽は落ち、夜になっている。

確かに今日はこのくらいにしておこうか。

明日は迷宮の二階層に行こう。いまの状態ならコボルト相手だと手応えもないしな。

あぁ、でもコボルトを三匹くらい倒して、さらにレベルを上げてから行ってもいい。

マーガレットさんの好意に甘えてばかりだなぁと思いながら、上半身の服を脱ぎ、お湯に浸した布を絞って汗を拭く。

あぁ、気持ちいい。でも、やっぱり日本人なら風呂に入りたいな。

なにかいい方法がないか。

そう思ったとき――背筋に悪寒が走った。

なんだ、誰かに見られている!?

もの凄い気配だ。

まさか殺気⁉

こんな町中で？

ゆっくり、視線を感じる方向を見ると、荒い鼻息のマーガレットさんがこっちを見ていた。

そして、俺とマーガレットさんの目が合うと、

「き、きゃぁぁぁ」

マーガレットさんは手で目を覆い、走り去っていった。

いや、いまさら純情ぶられても……。

なんだろ、明日はやっぱり宿を探そうかな。


店の奥がダイニングキッチンになっており、すでに料理が並んでいた。

「あの、このあたりの名物ってなんですか？」

目の前の料理を見てイヤな脂汗が浮かぶのを感じながら、俺は尋ねた。

「そうね。キャロプの実という果物が美味しいわよ。あと、ゲンジという野菜も名物ね」

「……へぇ、そうなんですか」

……名物は果物と野菜か。

なのに、なんで肉しか並んでないの？

肉炒めに肉団子のスープ、さらにハンバーグまであった。

え？　今日は二十九日？　ニクの日？　って感じだ。

いったいマーガレットさんは、俺になにを期待しているのだろうか？

「それにしても、ルンちゃんは遅いわね。先に食べていましょうか」

「ルンちゃん？　あぁ、ほかに下宿を利用している人がいるんですね」

そりゃそうだよな。二階と三階を見せてもらったけれど、俺とマーガレットさんの部屋以外にも四部屋あった。

空室にしておくのは勿体ない。

身の危険を感じるかどうかを除けば、マーガレットさんは面倒見のいい人だから、困っている人がいたら放っておけないだろうし。

「そうよ。ルンちゃんも私に似て可愛い女の子だけど、絶対に手を出したらダメよ。私相手なら手を出してもいいけどね」

マーガレットさんはそう言って、ウインクをパチクリとしてきた。悪寒が全速力で俺の背中を駆け抜けていった。

「はい、神に誓って（ふたりとも）手を出しません」

そもそもルンという女性（？）に手を出せるほど、俺には甲斐性もないしな。

そう思いながら、料理に手を伸ばした。

フォークを使い、肉を食べてみた。味付けは薄味で食べやすいが、やはり量が多い。

「とてもいい子なのよ、ルンちゃん」

肉をしっかり噛んで食べていると、マーガレットさんはルンという人の紹介を始めた。

まるで我が子の自慢をする母親、それとも父親？　のようだ。

「ノルンって名前でね、門番をしている青色の髪で褐色の肌の女の子なの」

思いっ切り見覚えがある。

「褐色の肌の門番？　もしかして、青い髪で見習い槍士の、十六、七歳くらいだったりします？」

「そうよ。あら、イチ君、ルンちゃんと知り合いなの？」

「はい、今日、門で一度、迷宮でさらに二度ほど会いました」

世間は狭いなぁ。ということは、ノルンさんのお人好しは、紛れもなくマーガレットさんから影響を受けたんだな。

「確か、俺が迷宮で会ったときは、三時間くらい巡回してから戻るって言ってたんですが」

「そうなのよ。もう戻ってくる時間のはずなんだけど。あの子が夜遊びするとは思えないし。こんなの初めてよ」

そのとき、俺の頭の中によぎったのは、ノルンさんから聞いた情報だった。最近、迷宮で盗賊が出るという。

いや、さすがに門番や警備をしている人を、盗賊が襲ったりはしないか。

俺がそう思ったとき、店の扉がノックされた。すでに鍵は閉めていて、店じまいの看板がかかっているはずなのに。

「あら、あの声は警備隊の隊長さんの声ね。ダンディーだけど、私の好みじゃないのよね」

それは幸運でしたね、隊長さん。

マーガレットさんは俺に、すぐ戻るからねと言って、店の入口に向かった。

その間に、俺はゆっくりと肉を食べることに。

それにしても本当に味付けは最高なんだが、肉だけっていうのはつらいな。

白いご飯が食べたい。それが無理なら硬いパンが欲しい。

そう思っていたら、

『え、ルンちゃんがまだ迷宮から戻っていないですって⁉』

入口のほうからマーガレットさんの叫ぶ声が聞こえてきた。

その内容が気になり、俺は耳を澄ませて店先の声を聞く。

『やはりここにも戻っていないか。あぁ、迷宮に入って六時間が経過した。彼女の実力からして魔物に殺されたとは考えづらいが……明日には捜索隊を出す。それでは、私は急ぎ準備をするので、これで』

『……わかりました、よろしくお願いいたします』

……ノルンさんがまだ戻っていない？

もしかして、やはり……。

マーガレットさんが戻ってきたとき、彼女の顔は青ざめているように感じた。

「ノルンさん、まだ戻ってないんですか？」

「ええ……でも、彼女なら大丈夫よ。さ、イチ君、お肉食べちゃって」

「あの、俺が捜してきましょうか？」

「ダメよ。迷宮は下の階層に行くほど敵も強くなるし、迷宮も広くなるの。闇雲に捜して見つかるものじゃないわ。盗賊がいるかもしれないのなら、なおさらよ」

くそっ、なにかいい方法がないか？　彼女を追跡する方法がなにか？　素人の俺にできることはないだろうか？　せめて、彼女がどのルートをたどったかがわかればいいのだが、警察犬じゃあるまいし、そんなことができるわけがない。

（警察犬？）

俺はひとつ妙案を思いついた。

「あの、獣人って、鼻がヒュームの何倍も優れているっていう話、聞いたことありませんか？」

これはあくまでも俺のイメージだが、異世界モノの小説などではそういう設定があったような気がする。もしもそれが、女神の潜在意識への介入によって書かされた設定だったとしたら、この世界の獣人も同様に鼻がいい可能性が高い。

「ええ、種によって、獣人は人間の数百倍も嗅覚が優れていて、人の匂いなら追跡できると思うけど……まさか、イチ君」

俺がしようとしていることに、マーガレットさんも気付いたようだ。

「はい、そのまさかです！」

俺はそう決めると、マーガレットさんが止めるのも聞かずに店を飛び出した。

夜の町は街灯も少なく、人通りもあまり多くない。それでも俺はマティアスの店――白狼の泉に向けて全速力で走る。

そこではちょうど、店じまいをしている受け付けの男の人がいた。よかった、まだぎりぎり間に合いそうだ。

「ちょっと待ってください！　マティアスさんは、マティアスさんはいますか⁉」

俺の叫び声に、店の中からマティアスが現れた。

「おや、イチノジョウ様ではありませんか。どうかなさいましたか？」

「お願いです、ハルを……ハルワタートを一日貸してください！　彼女の力が必要なんです！」

俺の心からの要求に、マティアスは受け付けの男に店を閉めるのを少し待つように告げると、

「まずは中へお入りください」

と、俺を店の中に入れてくれた。

事情を聞く前に、マティアスはハルを呼んできてくれた。

白く美しい髪に見惚れそうになるが、そんな場合ではない。

俺はふたりに事情を説明した。

知り合いの女性――ノルンさんが迷宮から戻っていないこと。そして、迷宮の中に盗賊が出ているという噂があること。

彼女を捜すため、ハルに力を貸してほしいことを告げた。

「確かに、彼女の嗅覚があればその方を捜すのは可能でしょう。ですが、そのような危険な仕事な

ら、奴隷商である私としては彼女を貸し出せません。せめて、迷宮に散歩に行くとウソをついてくださったのなら、私も彼女を貸し出したのでしょうが……」

「わかっています」

俺はアイテムバッグから金貨を一枚、銀貨を百枚取り出した。

「二万センスあります。あと二万センスは、マーガレットさんの服屋に発掘品《オーパーツ》を売ったので、明日もらえることになっています。合計四万センス、これを保証金にしてください」

「いえ、保証金は二万センスで結構です。ハルワタート、君はどうしたい？」

「私は剣を、私の腕を誰かのために役立てたい。その気持ちは奴隷になったいまでも変わりません。是非、イチノジョウ様の手助けをしたいです」

その言葉で、マティアスは折れた。

マティアスがハルの隷属の首輪に触れると、光が次々に灯っていき、合計百個以上の光が灯った。隷属の首輪が綺麗に輝いている。

「百八時間の貸し出し設定をしています。レンタル時間としてはこれが最長となっています。それと、ハルワタート、これが君の剣です」

マティアスが渡したのは、鞘に入った、短剣よりは長い、だが普通の剣よりは短い、二本の剣だった。

彼女が二刀流なのか、一本が予備なのかはわからない。

「マティアス様……売らないでいてくださったんですか？」

「君の出した身請けの条件だと、必要になる日が来ると思ってね」

ハルは二本の剣をマティアスから受け取ると、左右の腰に差した。

「ハルさん、鎧とかは買わなくていいのか？　ハルさんなら冒険者ギルドで買えるだろ？」

「いえ、私は鎧や兜は着けません。速度が落ちてしまいますので」

「そっか、わかった。じゃあ一緒に迷宮に来てくれ。ノルンさんがいた場所まで案内する」

そして、俺たちは夜の町を走っていった。

いくつかの街灯の光が、通りを照らしている。

「ご主人様、その、ノルン様という方はご主人様の恋人なのでしょうか？」

もう少しで迷宮というところで、ハルがそんなことを尋ねてきた。

急になんでだ？

「違うよ。下宿先が同じで、町に入ったときや迷宮の中で助けてもらっただけだ。名前を知ったのだって、ついさっきのことだしな」

「なら、なぜそこまで必死になっているのですか？」

「助けたいって思ったからだ！　普通に考えれば俺みたいな素人が迷宮に慣れているであろう彼女を助けたいなんておこがましいにもほどがあると思うんだけど、そうせずにはいられなかった」

周りの迷惑も顧みず無鉄砲な人だと、ハルは思っただろう。

ハルがもし俺に気があるのなら、ノルンさんが俺の恋人ではないと知ったら、少しは喜びそうなものだが、彼女の表情はその逆――沈んでいた。

こりゃ、恋人になれる脈はないな。

街灯の仕組みとか、ハルの気持ちとか、気になることはいっぱいあるけれど、いまは全部後回し。

迷宮へ急ごう！

迷宮の入口には男の兵が立っていた。

「すみません！　ノルンさんは迷宮から出てきましたか？」

「君は？」

「彼女の下宿先の者です」

「そうか、マーガレットさんの。いや、まだだ。明朝、大規模な捜索隊を――って君！」

悪いが、まだだとわかった以上、待っていられない！

俺はハルと一緒に、迷宮の中に入っていった。

「待ちなさい！」

後ろから俺を呼ぶ男の声が聞こえたが、無視だ。

俺たちは迷宮の奥へと入り、ノルンさんと別れた場所まで、魔物と出くわすことなく到着した。

「ハルさん、ここだ。ここで俺はノルンさんと別れたんだが、わかるか？」

「複数の匂いが混ざっていて、なんとも。なにか、ノルン様の匂いのわかるものはありますか？」

「この薬瓶――ノルンさんにもらったものなんだが」

俺はアイテムバッグから、ポーションの空き瓶を取り出す。

ハルはその薬瓶を受け取ると、匂いを嗅いだ。

「ご主人様の匂いがほとんどですが……わかりました。こっちです」

そう言うと、確かにハルはノルンさんが去っていった方向に走りはじめた。

そこで、コボルト三匹が前方から現れた。

「ご主人様、ここは私が――」

「スラッシュ！」

俺の剣戟が、コボルト三匹を両断――魔石と爪に変わった。

【イチノジョウのレベルが上がった】

【無職スキル：スキル説明を取得した】

無職レベルが４０に、見習い剣士レベルが１７に、狩人レベルが１４に上がった。

スキル説明？

スキル説明ってどういうスキルなんだろう。

誰かに聞こうにも、無職スキルを持っているのは世界でも俺だけだから、聞く相手がいない。

たぶん、その言葉から考えるに、スキルに関係するものなんだろうな。

そう思ったら、

スキル説明：鑑定系スキル【無職レベル４０】
スキルについて調べられるスキル。

調べられるスキルは本人、もしくは仲間の取得済みスキルに限る。


と、脳内に情報のみが流れ込んできた。そういうスキルなのか？

今度は別のスキルについても調べてみる。

第三職業設定：その他スキル【無職レベル３０】
職業を三つまで設定することができる。
第二、第三の職業を変更するには職業変更スキルが必要となる。

知らないスキルを取得したときは便利そうだ。

第四職業解放がなかったのは少し残念だな。

そして、俺はハルの先導でさらに走っていく。

「ご主人様、いまのスラッシュの威力は――いえ、なんでもありません」

「どうしたんだ？　言ってくれ」

「いまのスラッシュの威力は、低レベルの見習い剣士の威力を遥かに超えています。ご主人様は私と同じ剣士なのでしょうか？」

「いや、剣士じゃない。いまは説明できないけれど」

「そうですか、わかりました。深くは聞きません」

ハルがそう言って前を向き、走る。

前方を走るハルを職業鑑定で調べた。

今後、彼女に勝つことを目標にしている俺としては、この機会に知っておきたいと思ったのだ。

【剣士：ＬＶ２３】

強いな。昼に会ったジョフレとエリーズ、それにノルンさんよりも遥かに強いだろう。

鞭使いの職業の取得条件はわからないけれど。

ハルについていくと、すぐに下り階段にたどり着いた。

「ご主人様、ここから二階層に下ります」

「わかった。あと、ハルさん、俺のことは主人と思わなくてもいい」

「どうしてでしょうか？」

「白狼族は、自分よりも弱い男に仕えるのは、死ぬよりも強い屈辱的なことだと聞いた。だからいまは、俺のことを対等の仲間として接してくれ」

本当は俺のほうが格下なんだけど。

だが、ハルは俺の申し出に、首を横に振って答えた。

「いえ、その命令はお受けできません。ご主人様は強さというものを大きくはき違えています。それより、急ぎましょう。ノルン様が心配です」

ハルはそう言うと、階段を下りていった。

強さをはき違えている？

ただレベルを上げるだけだと、ハルは俺のことを本当の意味での主人だと認めないってことか？

……いや、考えるのはあとだ。いまはハルの言う通り、ノルンさんを助けることを一番に考えよう。


迷宮二階層には蝙蝠系の魔物がいた。

チワワくらいの大きさで、蝙蝠にしてはでかすぎる。どうやって飛んでいるんだ、という感じだった。だが、ハルが二本の剣を使い、蝙蝠の翼を斬り落とし、走り抜けていく。

すげぇ、二本の剣を使うだけじゃなくて、本当に二刀流という感じだ。

クロス斬りとか、X《エックス》斬《ぎ》りとか、そういう名前のスキルを見ているみたいだ。

「ご主人様、どうぞトドメを刺してください」

「え？」

「経験値は最後の一撃を決めた者のみが得られます」

ラストアタックのみの総取り制なのか。

あぁ、なるほど。だからトドメを刺さずに翼だけを落としたわけか。

たぶん、これが奴隷を使った正しいパワーレベリングの形で、ハルはそれを忠実に実行しようとしているってわけだな。

「いや、これはハルさんが倒してくれ」

「よろしいのですか？」

「気持ちは嬉しいが、ハルさんが倒した以上は、経験値はハルさんがもらうべきだ。これからもどんどん倒していってくれ！　いまは俺の成長よりも、ノルンさんを助けるほうを優先したい」

「かしこまりました」

ハルは頷くと、すでに翼の再生が始まっていた蝙蝠の腹を剣で切り裂いた。

そして、それからも匂いをたどり、俺たちは迷宮を進んだ。

二階層の敵相手なら彼女にとっては楽勝のようだ。俺の出る幕もなく、二階層の敵を圧倒していく。

一匹ぐらいは譲ってもらったほうがよかったかな。正直、レベルアップしないと本当に俺は足手纏いだ。

そして、すぐに三階層にたどり着いた。

「ハルさん、匂いはまだ続いているのか？」

「はい、匂いが残っています。二階層への階段でもそうでしたが、階段を上がっていく道筋の新しい匂いは存在しませんでした。初心者迷宮では、最後の階層を除き、上り階段と下り階段がそれぞれ一カ所しかありませんから、彼女は階段を上がっていないはずです」

階段を下りながら、とりあえず、ここまでノルンさんが無事に下りてきたことに安堵しながらも、だからこそなにかがあった可能性が高いという不安が心を覆った。

やはり、初心者狙いの盗賊に襲われたんだろうか？

「そうか……そういえば、いまさらのことを聞くんだけど、なんで盗賊は迷宮の中で罪を犯すんだ？　入口や階段が一カ所しかないのなら、そこを押さえられたら逃げ場がないんだから、ここほど不便な場所はないだろ」

俺の中のイメージでいえば、盗賊や山賊は行商人の馬車を、海賊は交易船をと、輸送隊などを襲うイメージがある。

「いろいろと理由はあります。迷宮の中で人が死ねば、迷宮がその死体を呑み込みますので、証拠を隠滅する必要はありませんし、死体が残らないのなら、盗賊が殺したのか魔物が殺したのかも判断できません。それに、行商人を襲えば騎士隊が動きますが、冒険者が死んでも騎士隊が動くことはまずありません。冒険者ギルドと国は相互不干渉の協定を結んでいますから」

「なるほど、いちおうメリットもあるのか。でも、初心者を狙う盗賊がいるという噂が出回っているのはどうしてだと思う？　殺されても気付かれないのなら、盗賊がいるかどうかなんてわからないだろ？　本当に強い魔物がいるだけかもしれない」

「死んだはずの冒険者の武器や防具が市場に出回ったのでしょう。人が死に、迷宮に呑み込まれたら、装備もなくなりますから」

詰めが甘いんだな。高価な骨董品を盗むことには成功したのに、売るための闇ルートを持っていないために足がつく、みたいなものか。

そして、俺たちは迷宮を奥に進む。すると十字路の真ん中に、醜悪な顔の少し小さな男が出てきた。棍棒を持っている。

そういう種族の人なのかとも思ったが、ハルが剣を構えた――ということは魔物か。

俺はハルに待ったをかけた。

「ハルさん、あれってもしかしてゴブリンか？」

ゲームなどではよく登場するゴブリン。多くのファンタジー作品に登場し、ファ〇ナルファン〇ジーなどでは、最弱の魔物として扱われる。この世界の情報をもとにゲームが作られたんだとしたら、ゴブリンも弱いんだろうな。

ゴブリンよりも弱いコボルト相手に苦戦した俺がいうのもなんだけど。

「はい、三階層はゴブリンの巣になっています」

なるほど。

それなら、このあたりでレベルアップをしておきたい。

正直、いまの俺はハルよりも遥かに弱い。

足手纏いになる。

だが、ここでゴブリンを一匹倒せたら、四百匹倒したときと同じ経験値が手に入る。

ここでゴブリンを倒してレベルアップすれば、ハル以上とはいかないかもしれないが、足手纏いからは脱却できると思う。

「そうか。ここは一度、俺に試させてくれ！」

さっきはノルンさんの救出を優先するからハルに倒すように言ったのだが、やはり最低限レベルアップしておかないと、俺が危ないしな。

前に向かって走り、剣を振りながら、

「スラッシュ！」

と剣戟を放った。鋼鉄の剣から衝撃波が飛び、ゴブリンの胴体を深く抉り、紫色の血を飛ばした。

だが——

「やっぱり一撃では倒せないか」

ゴブリンは腹を押さえながらも立ち上がる。腹から血が出ているが、致命傷には至っていないらしい。

よし、もう一撃！

「スラッシュ！　って出ない！」

同じようにしたはずなのに、刃から衝撃波が出ない。

「スラッシュは一度使うと十秒間使用できません！」

クールタイムがあるのか。それは知らなかった。

「くっ、十秒って短いようで長いぞ！」

俺はそう言うと、棍棒を剣で受け止めた——重い一撃だが、十分受け止められる。

そして、俺は棍棒を受け止めながらも、片足でゴブリンの大事な部分を思いっ切り蹴り上げた。

「……どうだ、種族は違えど、同じ男！　これが——ってあれ、あまり効いてない？」

痛そうにはしているが、跳び上がるほどではないようだ。

ていうか、ゴブリンを蹴り上げたせいで、俺はバランスを崩して倒れそうになってしまう。

「ご主人様！　そのゴブリンは雌です！　角がありません」

え、男じゃなくて女だったの⁉

ハルの思わぬ言葉に驚くと、俺は完全にバランスを崩してその場に仰向けに倒れてしまい、剣が地面に落ちた。

やばい。ゴブリンがトドメを刺そうと、こちらに向かって棍棒を構えた。

「ご主人様、十秒経ちました！　いまならスラッシュが使えます。剣ではなく手刀で放ってください」

そうか――

「スラッシュ！」

俺は右手を思いっ切り振った。

すると、その一撃がゴブリンの傷口を大きく抉り――次の瞬間、ゴブリンの体は消え失せ、棍棒と魔石のみが残った。

【イチノジョウのレベルが上がった】

【狩人スキル：気配探知を取得した】

勝利のファンファーレともいえるメッセージを聞きながら、手に入れたスキルについて調べた。

気配探知：戦闘術スキル【狩人レベル15】
近くにいる生物の気配がわかる。
ただし、隠蔽スキルを持っている者の気配はわからない。

これは便利そうなスキルだ。

スキルもずいぶん多くなったな。

無職、見習い剣士、狩人のレベルがそれぞれ1ずつ上がっている。

んー、それにしても、いまの戦いは結構厳しかった。

ステータスは俺のほうがゴブリンより上回っているんだろうが、それに見合うだけの戦いの経験が足りない。そんな感じだ。

「さすがです、ご主人様」

「いや、ハルさんのアドバイスのお陰で助かった。ありがとう」

俺は立ち上がると、頭を下げてお礼を言った。

もしかしたらハルよりも強くなったんじゃないかと思っていたが、この調子だとまだまだだな。

「それで、ご主人様、ノルン様の匂いなのですが――」

「あぁ、わかるか？」

「……その、あちらに続いています」

十字路を右に曲がった方向を指さす。

「本当にそっちに続いているのか？」

それを俺はすんなりと信じることはできなかった。

なぜなら、その通路は、先がない、紛れもない行き止まりだった。

「あぁ、一度あっちに行って、戻ってきて別の場所に行ったとか？」

可能性を模索するように、俺はハルに尋ねた。

だが、ハルは無言で首を横に振り、

「いいえ、複数の人の匂いはしますが、ノルン様が戻ってきた匂いはありません。考えたくありませんが、あそこで、なんらかの理由で息絶えて迷宮に吸収されたとしか……」

と視線を床へと落とす。

「……そんな……嘘だろ」

俺はその場で膝を突き、力なく項垂れた。

ノルンさんが死んでいる？　そんな残酷な現実、受け止めろっていうのか。

くそっ、そんなのないだろ！　マーガレットさんになんて説明すればいいんだよ。

自らの無力さに打ちのめされていた、そのときだった。


……あれ？

妙な感覚が俺を襲った。

この感覚……もしかして。

「あっちから、なにか複数の気配を感じる。壁の向こうから。気配探知のスキルの効果か」

「ご主人様、狩人のスキルを持っていらっしゃるんですか？」

「ああ、まぁな」

俺はそう言うと、ゆっくりと行き止まりの壁のほうに歩いていく。

ハルは、こっちに匂いが続いていると言っただけであり、ここで匂いが途絶えたと言ったわけではない。

もしかしたら、隠し扉かなにかがあるのではないか？

そんな一縷の望みを託し、

「うわっ……」

壁を押そうとして倒れてしまった。

そして、俺は気が付けば壁の向こうにいた。

しかも、下半身はいまいた通路に——そうか、これは幻影の壁か。

ということは、ここは秘密の隠し部屋というわけか？

俺は立ち上がると、いま入ってきた壁を触ってみた。

やはり触っている感じがまるでない。隠し通路で間違いない。

と、そのときだった。急に壁が柔らかくなり、とても気持ちよく、

「あ……」

ハルの声が近くから聞こえた。

えっと、つまり、いまのって――

「あの、ハルさん、ごめん、いまのはわざとというわけではなく」

と慌てて言ったところで、ハルは俺の口を塞いだ。

そして――壁の向こうの、もとの十字路の場所に俺を連れていくと、ハルは俺の口を塞いだまま、

「ご主人様、今日の成果も十分です！　では、戻りましょう！」

と大きな声で叫んだ。

え？　帰る？

いやいや、ここで帰るって選択肢は絶対にないだろ！

そう思ったら、ハルは小声で俺に言った。

（ご主人様、静かにしてください）

そうか。ハルのいまの言葉は、盗賊を油断させるための作戦か。

確かに、あれだけゴブリン相手に騒いでいたら、俺たちがここにいることは知られただろうからな。

とすれば、盗賊たちは警戒していることだろう。

（あそこが盗賊のアジトなのでしょうね。複数の匂いがあったのは、おそらく盗賊の匂いだったのでしょう）

（きっとそうだと思う。ノルンさんは無事だろうか？）

（血の匂いはしませんでした。まだ生きている可能性が高いと思います。敵の数はわかりますか？）

（敵かどうかはわからないが、角を曲がったところに三つ、奥にひとつ気配がある）

（では、一度曲がり角の手前まで行って、中の様子を窺いましょう）

ハルの提案に、俺は黙って頷いた。

曲がり角の手前で、俺たちは停止した。

声が聞こえてきた。

「……どうやら行ったようだな。それにしても、ボスはまだ帰ってこないのかね」

「まだだろ。ったく、せっかくボスがやりたいって言っていた女を捕まえたってのにな」

「にしても、結構いい女だよな……先に味見しちまわないか？」

「馬鹿言え、そんなことやったらボスに殺されちまうぞ。ニクスの件、忘れたのか？」

「だったな。にしても新入りのふたりは遅いなぁ。酒を買うのにいつまでかかってるんだよ」

そのあと、三人の会話はその新入りとボスの愚痴大会へと変わっていった。

三人の会話をまとめると、どうやらノルンさんは無事のようだ。

そして、盗賊のボスと新入りのふたりは、いまはいないと。

（三人の気配が手前、ノルンさんが奥にいるなら、いまがチャンスだ）

（はい、ふたりで同時に飛び出してスラッシュで攻撃しましょう。そのあとは私が前で戦います）

俺が頷くと、ふたりで同時に前に出て、

「「スラッシュ」」

俺の剣が左の盗賊に、ハルの二本の剣が真ん中と右の盗賊に命中した。

だが、それでもすべて致命傷には至っていない。ただ、ハルの剣で攻撃を受けた一番右の男が気絶した。

【盗賊：LV18】

【剣士：LV9】

【弓士：LV5】

「なんだ、敵襲か！」

「くそっ！　タンジがやられた！」

ふたりが騒ぐ。

「ハルさん！　真ん中が剣士レベル9、左が盗賊レベル18、いま気を失っているのがレベル5の弓士だ！」

俺は職業鑑定で見た敵の職業とレベルをハルに告げる。

「なんだと！　なんで俺たちの職業が――ぐふっ」

「どこから情報が漏れたんだ――ぐふっ」

えぇぇぇ、一瞬で倒してるんだけど。

ハルってこんなに強かったの？

剣士レベル23って、そんなに凄いの⁉

俺は呆気に取られていたが、そんな場合じゃない。

「そうだ、ノルンさん！」

ここは小部屋になっており、その奥に扉がある。

俺はその扉を開けようとしたが――鍵がかかっている。

「ご主人様、どいてください！」

ハルの声に従い俺が退くと、ハルが二本の剣で扉をぶち破った。

そして――その扉の奥に――ノルンさんがい……い……ぶはっ。

ノルンさんは、パンツ以外なにも着ていない姿で寝かされていた。

褐色の肌なのはわかっていたけれど、あそこがあんな色になっているなんて……って、見たらダメだ！

状況を再確認し、俺は咄嗟に後ろを向いて、

「ハ、ハルさん！　これ、これを彼女に！」

「わかりました！」

俺はアイテムバッグから予備として買っておいた綿の服の上下を出して、ハルに渡す。

……パンツだけはそのままでよかった……と思っておこう。

そうだ、ノルンさんの持っていた槍はどこだ？

とりあえず、アイテムを物色しておこう。

気絶した盗賊たちの武器は回収させてもらう。盗賊の男は短剣、剣士の男は鉄の剣、弓士の男は

弓と矢筒、全部回収しておこう。

俺は回収したものを、アイテムバッグに入れていく。

にしても槍は本当にどこだ？

あと残っているのは洗濯物くらいで……ってあ……。

おいおい、誰だよ、ノルンさんの槍を洗濯物の物干し竿代わりに使った奴は。こんなところにほったらかしにしていたら、迷宮に吸収されるんじゃないのかよ。

とりあえず、汚い着替えは全部処分して、槍はアイテムバッグに入れておこう。

「さて、これで帰るだけ……ぐっ」

呟いたとき、悪寒が走った。

気配探知が反応したのだ。

「ハルさん！　なにかがこっちに来る！」

「まさか、盗賊のボスが帰ってきたのですか？」

盗賊のボス、その響きに俺の緊張感が一気に跳ね上がる。

い、いや、こっちにはハルもいる。ふたりがかりで戦えばなんとかなるだろう。

「おい、いま帰ったぞ！　おい！」

髭面の巨漢の男が入ってきた。手には両刃の戦斧を持っている。

「ん？　なんだお前ら——ん？　おい、アンドーグ！　ポントーク！　タンジ！　くそっ、お前らがやったのか！」

大男がこちらを見てきた。

そして、俺はその職業を見た。

【山賊：ＬＶ１４】

山賊？　盗賊みたいなものかな。

（山賊レベル１４だ……ハルさん、勝てるか？）

俺は小声でハルに告げる。

ハルのほうがレベルは高い。しかもこっちはふたりだ。なんとかなるだろう。

そう思った。だが、

（いえ……山賊はレベル２０以上の斧使いが大罪を犯したときになることができる上位職業です
……その強さは剣士以上、私たちの勝ち目は薄いです）

……嘘、だろ？

ならば、なんとか誤魔化せないか？

「あ、あぁ……実は皆酔い潰れてしまったみたいで。あはは」

俺は笑って言うが、これはダメだと思った。

「ん、男ひとり、女ひとり……おぉ、そうか。お前らがうちの盗賊団に入ったという新入りか。そうかそうか」

……え？　嘘だろ？

これで誤魔化せるの？　こいつ、いまの話を本気で信じたのか？

確かに、新入りがいるって聞いていたが、どう見てもこの盗賊たちは、酔い潰れたという感じじゃないだろ。

ひとりなんて泡噴いて倒れているし。

だが――山賊の男は本気で信じたらしい。

椅子に座り、

「おい、新入りども、俺様も酒だ！　酒を持ってこい！」

と酒を要求してきた。

「えっと、すみません、酒はいま、切らしていて」

酒があったら酔い潰して逃げられるのに。

でも、ノルンさんがいた部屋はベッドがあっただけでほかにはなにもなく、この部屋もさっき探したが、酒類はなかった。大きな木箱があったが、中には石が入っていただけだった。

酒がなかったから、新入りに買いにいかせたのに戻ってこないと、盗賊たちはイラついていたんだろう。

俺が謝罪すると、盗賊の頭は怪訝な顔をした。

「こいつらは酔い潰れたんだろ？　なら酒があるんじゃねぇのか？」

げっ、いきなり設定破綻？　いや、ここはなんとか誤魔化そう。

就職試験の面接でポカをやらかしても平然とした顔をするために身に付けた、ポーカーフェイスの出番だ！

「すみません、兄貴たちが全部飲んじまって。いまから彼女と酒を買いにいくところなんです」

と言って、俺はハルを指さした。

酒を買いにいく振りをして逃げ出そう。そう思った。

山賊はハルを見て、あることに気付いた。

「あん？　その女、隷属の首輪をしているじゃねぇか。おい、どういうことだ！」

ぐっ、バカのくせに無駄に鋭い。あぁ、設定、なにか設定を。

奴隷を仲間として扱ってもおかしくない設定を――

「へい、実は彼女は俺の恋人でして、悪徳奴隷商に誘拐されたんです。それで、俺は彼女を取り戻すために悪徳奴隷商を殺して彼女を奪い返したのですが、その悪徳奴隷商が実は貴族の権力者と繋がりがありやして、俺と彼女が指名手配されちまったんです。それで名高い親分の盗賊団の一員に加えさせていただけたらと、彼女とここまで逃げ延びたわけなんです」

スラスラとウソを並べ立てる俺だったが、内心焦っていた。

……やべぇ！　設定盛りすぎた！

おいおい、俺はバカか。指名手配を受けているのなら町の中には入れないだろうし、そもそも一目見れば、俺と彼女が恋人同士なんて釣り合いが取れていないことがまるわかりだ。さらに隷属の首輪って、主人にいろいろ命令されているはずだから、逃亡とかできないはずだし。名高い親分って、こいつらのこと誰も知らないだろ。初心者迷宮に盗賊がいるとしか皆知らないんだし。

「……おい、てめぇ、いまの話、本気で言ってるのか？」

山賊の男の目付きが鋭くなる。

くそっ、ここまでか。俺が剣の柄に手を伸ばしかけた——直後だった。

「くぅぅ、泣かせる話じゃねぇか。俺様はそういう話には弱いんだ」

山賊は肩を震わせ、腕で目元を隠した。

え、本気で泣き出した？　もしかして、意外といい奴なのか？

なんて思ったら、男は斧を構え、

「にしても、俺様の分まで酒を飲むとはふてぇ野郎たちだ！　ひとり見せしめに殺しておくか——

なに、ふたり仲間が入ったんだから、ひとり殺しても問題ないだろ」

そう言うと、斧を弓士の首へと振り下ろした。

血飛沫《しぶき》が飛び散り、男の首が地面に転がる。

……ウソだろ、仲間を殺したのか？　たかが酒を飲まれただけで？

「がははは、やっぱり人を殺すとレベルが上がりやすいな！」

たしかに、山賊のレベルが１５に上がっている。

一瞬でも意外といい奴なんて思ったのは大間違いだ。こいつはいかれてやがる。

こんなところから一瞬でも早く逃げ出したい。だが、先にハルを逃がさなくては——俺も隙を見
てノルンさんを連れて脱出しないと。

「親分、では、彼女に酒を買いにいかせますので」

「いいえ、あなたが行ってください」

「いやいや、酒屋のおっさんは女に弱いから、お前がいけば安く酒を買えるって。ほら、行け！」

俺がハルに「命令だ！」と言おうとした、そのときだった。

山賊が言った。

「いや、酒はお前が買ってこい！　見るとその姉ちゃん、ずいぶん美人じゃねぇか。セリスロというのが玉に瑕だが、まぁいいだろう。俺様が相手をしてやるぜ」

「……えっと、親分、こいつは俺の恋人でして」

「ああん、親分の言うことが聞けねぇっていうのか？　お前も死ぬか？」

ぐっ、作戦失敗だ。

「先に行ってください、私は平気ですから」

ハルが笑顔で言った。俺が見る、初めてのハルの笑顔だ。

平気？　そんなわけがない。そんな寂しそうな笑顔で、平気なんて言うなよ。

「ほう、この嬢ちゃんのほうがずいぶんと人を見る目があるじゃねぇか。よし、お前のことは許してやる、急いで酒を買ってこい！」

……そうだ、ハルもノルンさんも殺されるわけじゃない。

いまから全速力で走って、地上にいる憲兵に事情を説明してここに戻ってくれば――いや、その前に残りふたりの盗賊が目を覚ますか、本当の新入り盗賊が帰ってきて俺たちが盗賊でないことがばれてしまえば、盗賊たちは別の場所に逃げるかもしれないし、ハルも無事では済まない。

それに、ハルを置いて逃げるなんて俺は嫌だ。

どうせ、一度失った命だ！　やれることをやってやる！

不意の一撃では殺せないだろう。

もとの世界ならともかく、ここは異世界。

ステータスが大きな影響を及ぼす世界。首を斬り落とす勢いの攻撃でも、俺の攻撃力だと通じない恐れもある。

ならば――

「では、親分、急いで酒を買ってきます！」

俺はそう言うと山賊とすれ違いざま、剣を抜いた。

剣先が震える。

だが、俺はその震える手を止め、倒れていた盗賊の首を斬り落とした。

こいつはさっきハルの攻撃を受けてだいぶ弱っていたから可能かと思ったら、やっぱり倒せた。

【イチノジョウのレベルが上がった】

【無職スキル：第三職業設定が第四職業設定にスキルアップした】

【職業：剣士が解放された】

【職業：弓士が解放された】

【自動的に第四職業を平民LV15に設定しました】

第四職業を剣士レベル１にするように念じる。

……俺はいま、人を殺した。

山賊が言っていた。人間を殺せば経験値が大量に手に入ると。

しかも俺ならば、その経験値は二十倍に膨れ上がり、しかも二十倍レベルが上がりやすい。

ハルを助けるために、俺は迷ってはいられなかった。

「あぁ、お前、なにをしてやが――」

「スラッシュ！」

俺のスラッシュが、剣士レベル９の男の胴体を切り裂いた。

【イチノジョウのレベルが上がった】
【見習い剣士スキル：剣術強化（小）を取得した】
【狩人スキル：解体が解体Ⅱにスキルアップした】
【剣士スキル：剣装備が剣装備Ⅱにスキルアップした】

これでレベルアップはできた。

ふたりの人間をこの手で殺めた。八百人殺したのと同じ経験値だ。

見習い剣士がレベル２５になったのはわかるが、ほかの職業のレベルを確認している暇はない。

ましてや、人を殺したことに動揺している暇もない。

剣から滴り落ちる血を見て、俺の顔に浴びせられた返り血の鉄臭い匂いを嗅いで嘔吐しそうになるが、そんな暇すらない。

なぜなら、山賊はこちらを睨みつけていたから。

もう勝負から逃げることはできない。

「てめぇ、俺様の部下になりたいって嘘だな」

「あぁ――嘘だよ！」

「俺様たちを倒してこの盗賊団を乗っ取るつもりか！　そんなことさせねぇぞ！」

そんなつもりはねぇよっ！

とツッコミを入れる余裕すらなかった。

山賊は斧を斜めに構えてこちらに走ってきた。

逃げて時間を稼ぎたいという思いもあるが、スラッシュのような遠距離攻撃が斧にないとは限らない。ならば、やはりこちらも離れすぎるのは危険だと、俺は判断した。

俺は咄嗟に、アイテムバッグからノルンさんの槍を取り出して投げた。

スムーズな動きは平民スキルの投石のお陰か――いや、関係ないか、石じゃないし。その槍はいとも簡単に、振り上げられた斧によって弾かれてしまった。

くそっ、やっぱり強い！

「死にやがれ！　この盗賊団は俺様のものだ！」

そのときだった――ハルが素早く山賊の後ろに跳びかかり、その首に剣で斬りつけた。

だが――

「いてぇなぁ！」

山賊はそう言うと、斧の側面でハルを殴りつけた。

「このセリスロ風情がっ！」

ハルの細い体が背後へと飛び、壁に激突した。

「てめぇの相手はあとでしてやるから、そこで寝てやがれ！」

「貴様、ハルさんをよくもっ！」

背中を向けた山賊の首から血が出ているが、致命傷にはほど遠いようだ。

これで倒せるのなら、ハルも勝てないと言わないだろう。

だが――俺は強くなったはずだ！　剣士だろうが、山賊だろうが関係ない！　無職の底力、見せてやる！

俺はそう決意して、鋼鉄の剣を抜き、走りながらその剣を振り下ろした。

だが――山賊は斧で剣を受け止めてほくそ笑む。

「いい動きだ！　俺様の下で働いていりゃ、俺様の右腕にはなれたかもな」

「そりゃどうも！」

俺はそう言って、先ほどゴブリンの攻撃では失敗した金的攻撃をするべく足を上げ、

「スラッシュ！」

そう叫んだ。

手刀ではない、蹴り攻撃によるスラッシュ！

手でもできるのなら足でも――そう思ったらできた。

「い……いでぇぇぇぇぇぇぇっ！　な、なんだ、お前、足でスラッシュを使うなんて聞いたことないぞ！　なにをしやがった！」

「聞いたことがない？　でも実際にできたんだし、お前がバカなだけじゃないのか？」

「俺様がバカだと⁉　ふざけるな！　俺様はな、俺様は文字を書くことができるんだぞ！」

それを唯一の自慢にしているところが、バカだって言うんだよ！

まぁ、この世界の文字を書くことができない俺が言うことじゃないけど。

「俺様をバカにした奴は無事では済まさん！　死にやがれ！」

「死ぬのはお前だ！」

俺と山賊、ふたりが迷宮の通路で交差した。

そして――

「……い、いてぇぇぇっ！　ポーション、ポーション！」

と俺は叫んでいた！　腕を、腕をやられた！　うわ、鋼鉄の剣が折れているじゃないか。

俺は慌ててアイテムバッグからポーションを出して飲み干す。

そんな俺を見て、山賊は――

「がはははっ……ぐはっ」

大笑いしたと思ったら、その場に倒れた。

腹には大きな切り傷が残っている。

なんとか勝ったけれど、よくあるフィクションの物語みたいに、勝ったほうが膝を突き、そのあとに敵が倒れる――みたいな格好いい演出は、俺には無理だった。

ただ、レベルが上がっていないところを見ると、山賊はまだ生きているということか。

そっと近付き、斧を回収、アイテムバッグに入れる。

あと、人を殺しておいて、いまさら残酷とか言うつもりはないが、右腕の腱も斬っておいた。

「悪いな、目を覚まして殴られたら、たまったもんじゃないし」

ハルは無事だろうか？

さっき男に斧で殴られたが。

「ハル、大丈夫か！　返事をしろ！」

「ご、ご主人様、逃げてください」

「もう大丈夫だ、盗賊の頭は倒した。ポーションを飲め」

俺はハルにポーションを差し出して、飲ませた。

「ありがとうございます、ご主人様……やはり私はそのほうが嬉しいです」

「え？」

「私のことを〝ハル〟と呼んでくださいました。そちらのほうが私は嬉しいです」

「あ……うん、その、うん、ハルさ……いや、ハルも無事で本当によかったよ」

ポーションを飲んだハルは痛みが回復したのか、起き上がる。

そして、俺は照れ隠しで頭を掻きながら、アイテムバッグから武器の手入れのために購入した布を取り出し、剣に付いた血と顔の返り血を拭き取る。

さて——あの山賊はどうするか……殺すか、それとも——

「ん、おいおい、どういうことだ、エリーズ。大きなボスがあんなところでお昼寝しているぞ」

「本当ね、ジョフレ。迷宮の中は暖かいけど、あんなところで寝るのかしら？」

「ははは、知っているか？　エリーズ。遠い国に、カホウは寝て待てって言葉があるんだぞ！　つまり、彼はああしてカホウを待っているのさ」

「そうなの？　ねぇ、ジョフレ、カホウってなに？」

「そりゃ、寝て待つものといったら夜明けしかないだろ！　世界の夜明けをああして待っているのさ」

「じゃあ、彼は革命家なのね！　まるでジョフレみたいね」

「おいおい、俺は革命家になった覚えは一度もないぞ」

「なに言ってるの、ジョフレ。あなたはいつも私の心を幸せに作り替えてくれているじゃない」

そして、抱き合う赤い髪と青い髪の男女。

甘い空間がふたりを包み込む。

「………………………スラッシュ」

俺のスラッシュが、ジョフレとエリーズの間の床に命中した。

って、あれ？　俺はなにをしているんだ？　体が勝手に動いていた。

「うわっ、なにをする……って、おや、この前の初心者《ルーキー》じゃないか。こんなところでなにをしてるんだい？」

「なにをするのよ……あら、本当にこの前の初心者《ルーキー》ね。ここは危ないわよ。盗賊も出るらしいから、早く帰ったほうがいいわ」

あぁ……面倒だ。

こいつらと関わると、本当に精神力がごっそりと持っていかれる。

「急にスラッシュを使ったことは謝らないが、こいつがその盗賊の親分らしい。いま、ふたりで倒したところなんだが――」

俺がそう言うと、エリーズとジョフレは驚き、そして顔を見合わせてなにやら呟き合った。

そして、満面の笑顔で俺を見て、

「そうかそうか。初心者《ルーキー》に倒されるとは、盗賊も大したことがなかったんだな。ところで、そいつはどうするんだ？」

「んー、生かしておく理由もないし、殺そうかと思っているんだが」

「おいおい、そんな勿体ないことをするのか？　弱いとはいえ、盗賊の頭を冒険者ギルドまで連れていけば、賞金がもらえるんだぞ」

「よかったら私たちが一緒に運ぶのを手伝うわ！　その代わり、賞金の分け前はもらうわよ」

ちゃっかりしてやがるな。んー、じゃあ、その言葉に甘えるか。

ノルンさんを背負っていかないといけないため、どっちにしてもこの山賊は俺たちだけでは運べないし、盗賊を倒したという証拠を渡したら、地上の皆も安心するだろう。俺はハルに耳打ちすると、ハルも自分の考えを俺に伝えてくれた。

俺は盗賊のアジトに戻り、とりあえず、ノルンさんの横にあった、よくわからない石の入った木箱をアイテムバッグの中に入れ、いまだ眠らされているノルンさんを背負った。手下の死体は消えていた。

背中に伝わってくるふたつの感触がとても心地よい。

ハルの見立てでは、ノルンさんは薬で眠らされているが、危険な状態ではないそうだ。

「よし、じゃあ町へ凱旋だ！」

こうして、俺たちは町へと戻っていった。

道中は、ジョフレの持っていた魔物避けの香とやらを焚いていたので、魔物に襲われることもなかった。

ちなみに、ジョフレとエリーズの奴、山賊の頭と足を持って運ぶのはいいんだが、階段を上るときに頭、腰、足などをぶつけまくっていて、真新しい傷を量産していた。

そこだけは山賊に同情する。

迷宮の一階層に到着したところで、背中でノルンさんが動いた。

「ん……あれ？　ここは？」

「ノルンさん、目を覚ましたのか」

「え？　あれ？　お兄さん、いったい、なにがあったの？　あれ？」

ノルンさんはどうやら、自分が盗賊に捕まっていたことも知らなかったようなので、彼女を下ろし、俺がマーガレットさんの店で下宿をしているところから、順番に事情を説明した。

盗賊に攫われたと聞いたときには顔色が悪くなったが、盗賊の話から、服は脱がされたが手出しはされていないことを伝えると、安堵しているようだった。

「これ、ノルンさんの槍です。すみません、鎧は見当たらなかったです」

俺はアイテムバッグから槍を取り出して彼女に渡した。

「ありがとうございます、お兄さん。……あぁ、盗賊については私がお兄さんに注意したのに、私が捕まっちゃうなんて恥ずかしいね」

ノルンさんは頭をさすって、恥ずかしそうに槍を受け取った。

さて、ノルンさんが起きたのなら、もういいかな？

俺は前を歩くふたりを呼び止めた。

「そういえば、ジョフレにエリーズ、お前たち、盗賊の新入りだろ」

単刀直入にそう尋ねる。

すると、ふたりはこちらを向き、

「ななな、なにを言ってるんだ、初心者《ルーキー》。俺がそんな大それたことをするわけないだろ」

「そそそ、そうよ、初心者《ルーキー》くん。こんな美男美女を捕まえて、盗賊はないんじゃないかしら？」

いや、その動揺っぷりが、なによりの証拠だろ。

ていうか、このふたりが盗賊でないわけがないだろ。

ボスは男女の新入りがいるって言ってたし、なにより、背中に背負ったリュックサックから、酒瓶の先が見えている。

ハルも当然気付いていたようだったが、俺がノルンさんを背負っている以上、ハルひとりだと山賊を運ぶことはできないから、利用させてもらった。

こいつらのレベルなら、不意を突かれても俺たちが倒されることはなさそうだし、いちおう念には念を入れて、前を歩かせていたからな。

たとえ山賊が目を覚まして、二対三になったとしても、山賊の腕の腱は斬っておいたから戦力にはならないと踏んでいた。しかもいまはノルンさんも目を覚まして、三対三だ。

「そそそ、そうだ、初心者《ルーキー》。その証拠に、この盗賊を冒険者ギルドに突き出して得られた賞金、本当は山分けのつもりだったが、八割を初心者《ルーキー》にやるよ。どうだ？　本当は山分けのつもりだったが、八割も君に渡そうって言うんだ。こんな太っ腹な盗賊がいるわけないだろ？」

「きゃぁ、さすがはジョフレ、太っ腹！」

盛り上がるふたり。

「…………」

そのふたりをじっと見詰める俺たち。

焦るふたり。

「な、納得いっていない？　そうか、ならば九割だ！　九割が初心者《ルーキー》で俺たちは一割で構わない。それで手を打とうじゃないか」

「んー、もう、ジョフレったら。あなたは神？　神なの？　そこに痺れる憧れるわ」

最高潮に盛り上がるふたり。

「…………」

そのふたりをじっと見詰める俺たち。

「わ、わかった。九割五分、いや、全部君に渡すから、せめてエリーズだけは許してくれ」

「ジョフレ、やめて！　謝らないで！　あなたは義賊になって多くの人を救うため、盗賊に弟子入りしたんじゃない！　お願い、私はどうなってもいいから、ジョフレだけは許してあげて」

ジョフレが土下座をして、エリーズがそれに寄り添った。

無言でじっと見ていたら、自白を始めた。やっぱり少し、いや、かなりウザイけど、それでも面白い奴らだ。

土下座するときに山賊が頭から落ちたが、大丈夫だろうか？

「ノルンさん、どうします？」

ふたりを見て、ノルンさんは頭を抱えていた。

「ええと、ジョフレとエリーズといえば、この町では知らないヒトがいない――小悪党です」

「小悪党って、どんなことをしたんだ？」

「たとえばリンゴ泥棒三回」

「盗んだんじゃない、落ちるのを待って、落ちてきたところを拾ったんだ。落とし物を拾っただけだ」

「そうよ、泥棒なんて最低よ！」

泥棒を最低と否定する人間が盗賊団に入るな。

あと、リンゴってこの世界にもあるんだ。アップルパイとか食べたいな。

「泥団子の無断販売」

「知らなかったんだよ、泥団子の販売に錬金術ギルドの許可がいるなんて」

「子供が一センスで買ってくれたわよね。ぴっかぴかのやつ」

んー、販売許可がいるのは、確かに俺でもわからないと思う。

泥団子を子供に売る発想がまずないけれど。

「壁の落書き」

「落書きじゃない！　あれは俺のサインだ！」

「ジョフレのサインなら、将来は絶対この町の観光名所になるわ！」

あぁ……納得した。

つまり、こいつらは――

「ただのバカなのか？」

「はい……」

ノルンさんが嘆息混じりに言った。

そりゃ、捕らえる気も失せるよな。罪状を聞いただけでも全部厳重注意レベルだ。

盗賊の手下になったといっても、ボスの顔も知らないレベルの新入りだったようだし。

「まさか盗賊の手下になっているとは思いませんでしたが……とりあえず、今日は留置所で一晩明かしてもらおうと思います」

うん、それは任せたよ。

「とりあえず、早く留置所から出たかったら、この男を運ぶのを手伝ってください」

「わかった。冒険者ギルドまでいいな？」

「いえ、迷宮の詰め所までで」

「わかった。行くぞ、エリーズ！」

「ええ、ジョフレ」

ふたりは元気に、いまだに伸びている山賊を運んでいった。

「ノルンさん、手慣れてますね」

「……ええ。私が配属されてから、彼らの事件は三日に一度上がってきましたから。囚人にするのも税金が勿体ない、犯罪奴隷にしても買い手がつかない、極刑にするには罪状が足りないの三拍子ですからね。とりあえずは迷宮の安定化のために迷宮の強制探索を命じていたんですが、まさか迷宮の盗賊と仲良くなっているなんて」

「……お疲れ様です」

そして、俺たちはジョフレとエリーズを先頭に、ようやく迷宮から脱出した。

迷宮の入口では槍を持った男が待っており、

「ノルン、無事だったのか？」

「はい、すみません。盗賊に捕まっていたようで、彼に助けられました。この男が盗賊のボスだそうです」

「ん……おぉ、そうか！　おい！　こいつを詰め所に運ぶ！　手伝ってくれ！　ところで、ジョフエリはどうしたんだ？」

男もジョフレとエリーズに関しては見慣れているようで、もはやふたりまとめてジョフエリと略している。

「彼らは盗賊と意気投合して仲間になっていたようです。とりあえず、留置所に連れていこうと思います」

「そうか、それは俺たちがやっておく。ノルン、君は家に帰れ。マーガレットさんが心配しているぞ。詳しい話は明日聞こう」

そして、男は俺のほうを向き、

「君、ノルンを助けてくれてありがとう。自警団を代表して礼を言う。この男に賞金がかかっていたら、その支払いがある。明日、冒険者ギルドへ来てくれ」

「……じゃあ、俺たちは一度マーガレットさんの店に寄ってから、マティアスさんの店に戻ろうか」

「いいえ、マティアス様の店はもう閉店していますし、明日の朝にまいりましょう」

あぁ、確かにいま行ったら迷惑か。

心配しているかもしれないから報告に行こうかと思ったが、言われてみれば確かにそうだな。

「そうか……なら、今日はマーガレットさんに部屋を貸してもらおうか」

部屋はまだ余っているだろうからな。

「ルンちゃぁぁぁん！　よかったわ、本当によかったわ」

「痛い、痛いですよ……マーガレットさん」

マーガレットさんに抱きつかれるノルンさん。彼女の骨の悲鳴がこっちまで伝わってきた。

でも、本当にマーガレットさん、心配してたんだな。

とても嬉しそうに涙を流している。

再会を喜んでいたマーガレットさんは、俺のほうを向く。

「マーガレットさん、申し訳ありません。マーガレットさんからいただいた剣、折れてしまいました」

俺は真っ二つに折れた剣をマーガレットさんに差し出す。

「ううん、イチ君とルンちゃんを守ってくれたんだもん。あの人も、その剣も本望よ。それと、ルンちゃんも言ったと思うけど、私からも改めてお礼を言わせてちょうだい。本当にありがとうね！」

そう言って抱きついてきた！　顔を寄せてきた！　頬ずりしてきた！

いてぇぇぇ、折れる！　胸板が、胸板が厚い！　胸になにか詰めているとは思ったが、鉄球でも詰めているんじゃないか？　髭が、髭が痛い！　チクチクする！

僅か十秒の地獄から解放されて——俺は地面に膝と手のひらをついて倒れ込んだ。

なんだ、これ。マーガレットさんが本気を出せば、余裕で山賊を倒せたんじゃないかと思ってしまう。

まったく振り払えなかったぞ。

「お兄さん、マーガレットさんはもともと拳闘士だから、肉体強化系のスキルをいっぱい持っているんです」

「もう、ルンちゃん、余計なことを言わないの。いまはただの裁縫士よ」

サイホーシ？　サイボーグの間違いじゃないのか？

そう思ってマーガレットさんの職業を見た。

【裁縫士：ＬＶ３８】

あぁ、本当だ。

って、凄い高レベルだな、おい。いままで見た人間のレベルのなかで一番高いかもしれない。

生産職でもレベルが上がればステータスは増えると思うし、肉体強化のスキル……そりゃ凄いわ。

「ふふふ、あなたがハルちゃんね。イチ君から話は聞いているわ。あなたも、ルンちゃんを助けてくれてありがとう」

「いえ、私はそんな……」

「んー、とても可愛いわ。妹にしたいくらいよ」

「マーガレットさん、妹というには年の差が――痛い、痛いですよ、マーガレットさん」

余計な事を言ったせいで、ノルンさんがマーガレットさんに締め上げられている。

ノルンさんの別の一面を見られたようだ。ていうか、マーガレットさん、何歳なんだ？

「ハルちゃんも一緒に食事をしていきなさい。お肉を焼きすぎちゃったのよ」

「食っていけ。量は多いが、とても旨いぞ……見事に肉だけだったが」

あの量は三人で食べるには多い。

「あの、私は奴隷なのですが」

ハルがおずおずと、そう告げた。

「知っているけど？」

隷属の首輪は相変わらず着いている。

「普通、奴隷は専用の食事が与えられます。奴隷商館でもそうでした」

「そうなのか？　マティアスさんなら、まともな食事をくれそうだが」

確かこの町では、奴隷の扱いをきっちりとしないと取り締まられるとか、そんなことを言っていた。

「商館内で良質な食事を続ければ、買われた奴隷は悪い待遇には耐えられません。だから、寝る場所は石畳の上、食事は野菜の屑と固いパン、時折肉の欠片、水のみというものが多いです。見た目を気遣い、量は肌の色が悪くならない程度にはありますが――」

「へぇ、そうなのか。でも、マーガレットさん、ハルが奴隷だって関係ないよな」

「ええ、関係ないわよ。皆で食事をしましょ」

マーガレットさんがそう言って、ウインクをパッチパッチしてきた。悪寒が走った。

そして、マーガレットさんとノルンさんはふたりで店の中に入っていった。

「ということだ。ハルがいなかったらノルンさんは絶対に助けられなかったんだ。俺ひとりだったら、あんな隠し通路は見つからなかったよ。絶対にな」

それと――と俺はもう、ここで伝えてしまおうと思った。

「なぁ、ハル。俺のことをどう思う？　いまの俺、ハルより強いと思うか？」

「はい、ご主人様は私が倒せなかった山賊を倒しました。私よりも強いと思います」

「じゃあ……ハル、お前の言う、自分より強い者に俺は当たるわけだな」

俺はハルにそう確認して、彼女の瞳を——灰色の瞳を見詰めて言った。

「俺は、ハルのことを身請けしたいと思っている」

ふたりの間に沈黙が流れた。

誰もいない町の中、俺はハルの答えを待つ。

ハルの目から涙が流れた。　え？　それってどういう意味での涙？

そして、ハルは口を開いた。

「とても嬉しいです、ご主人様」

「え？　それじゃあ」

俺は心の中でガッツポーズをした。

ここまで自信満々で言っていて、ハルに拒否されたらと思うと、正直不安でいっぱいだった。

「ですが、ご主人様はご存知かと思いますが、私のことを身請けしたいという貴族の方がいらっしゃいます。その方は冒険者ギルドにも多額の支援をなさっていて、私を買われたら、ご主人様にも被害が及びます。ですから——」

「いや、俺、冒険者ギルドに入るつもりはないよ。だから、前にハルに冒険者ギルドで換金をしてもらったんだし。あぁ……でもそうなると、ハルが冒険者ギルドでアイテムを換金するときに、なにか言われるかもしれないか」

「はい、表立っての圧力はないと思いますが、換金の査定額が少なくなるなど、おそらくご主人様が私を疎み、手放すために手を尽くすと思います」

そして、ハルは言った。

「私はご主人様に嫌われたくありません。ですから、その気持ちだけで――」

表情からは窺い知れないが、彼女の尻尾を見るとしゅんとなっている。

とてもつらそうだ。

「俺がなんとかするって！　大丈夫だって。魔石の査定額を半額にされたとしても、その二倍魔石を集めたらいいだけなんだし、金がなくても外で獲物を仕留めてサバイバルで生きるのも――あぁ、でもそんな生活をハルにさせるのもな」

「いえ、白狼族は町に住まずに放浪する一族でした。ですが――ご主人様はヒューム、耐えられる生活では――」

「なぁ、ハル。俺がいま聞きたいのは、ハルがどうしたいか、だ。貴族の力も、俺の考えも関係ない」

「私は――」

ハルは、逡巡し、呟くように言った。

「私は、ご主人様と一緒にいて……よろしいのですか」

大粒の涙を流す。抑えていた感情があふれ出すように、ハルの瞳から涙が零《こぼ》れ落ちた。

俺は――その涙の意味を大事にして、そして二度と彼女を泣かせたくないと心から思った。

俺はハルを抱き締め、

「こっちから頼む。俺と一緒にいてくれ」

そう頼んだ。

その後、俺たちは店の中でマーガレットさんの料理を腹がいっぱいになるまで堪能した。四人で一緒に食べる夕食、というより深夜飯はとても美味しく、楽しいものだった。ただ、日本に残してきたミリのことだけが気がかりだった。

閑話　～とある牧場主の愚痴②～

ガリソンの牧場で少し困ったことが起きた。

牧場の柵が壊れていたので、業者に頼んで修理してもらうことになった。これから牧場を続けていくとなると、柵の修理くらい自分でできるようにならないといけないと思いながらも、ガリソンは自分の手先の不器用さを呪った。

冒険者時代に比べたら安定した生活を送れているとはいえ、お金に余裕があるわけではない。できることは自分でやらないといけない。

そして、困ったといえば、もうひとつ。

「義賊、義賊って言うからなんだろうと思ったら、お前ら、よりによって盗賊団の仲間になっていたのかよ」

冒険者ギルドに呼び出されたからなにごとかと思ったら、ガリソンの元仲間であるジョフレとエリーズが、このあたりに最近進出してきた盗賊団に入団していたのだ。

ただし、こいつらがなにも考えていないことはギルドのお偉いさんたちもよく知っていて、さらに入団したのはいいが、まだ盗賊行為はなにもしておらず、ただ酒を買いにいかされただけということで、ふたりは罰金刑だけで済んだ。

ただ、ふたりには金がないので、元仲間であるガリソンが呼び出され、その罰金を泣く泣く立て替えることになった。

「持つべきものは友達だよな、ガリソン」

「持つべきものは友達ね、ガリソン」

楽観的なことを言うふたりに対し、

「お前ら、本当にいい加減にしろよな……はぁ……四千百センス……痛いなぁ。お前ら、絶対に返せよな。俺の結婚資金なんだからよ」

ガリソンは領収書を見て嘆息を漏らす。

「え？　ガリソン結婚するの？　相手いたの？」

エリーズが驚いて声を上げた。

「相手ができたときに困らないように貯めているんだよ！」

本当にこいつらはデリカシーというものが欠落していると、ガリソンは思った。

「お前ら、どうやって金を返すんだ？」

「そうだなぁ、とりあえず、この依頼を受けようと思う！」

そう言って、ジョフレは依頼書を取り出した。フィッシュリザード討伐の依頼書だ。

（……冒険者ギルドの依頼書を勝手に剥がすのは、罰金だった気がするが）

黙っていようと思った。ふたりが怒られるのは構わないが、ガリソンはこれ以上罰金を立て替える余裕がないからだ。

「ま、お前たちなら殺しても死なないと思うが、あまり無茶はするなよ」

フィッシュリザード三匹や四匹くらいならふたりでも倒せるだろうとガリソンは思った。

さすがに十匹や二十匹に囲まれたら、死を覚悟しないといけないが。

「おう、ガリソンも婚活頑張れよ！」

「きっとガリソンならいい人が見つかるわ！」

ジョフレとエリーズは笑顔で中級の迷宮を目指していった。

ふたりが見えなくなるのを確認したあと、

「……あいつらに心配されるようになったら俺も終わりだな」

とガリソンは呟き、壊れた柵を修理しないといけないことを思い出した。

「試しに自分で修理してみるか」

そう言って、壊れた柵のある場所に向かう。

「……なんだあれ？」

なぜか、見慣れない生物が牧場の中にいた。

第三話　ハルと一緒

「三万八百センス、確かに承りました。こちらがハルワタートの所有証明書です」

ノルンさんを助けた翌朝、マーガレットさんからリクルートスーツの残りの代金を受け取り、俺とハルはマティアスの店に向かった。

ハルの身請けの費用、三万センス。人頭税の日割りの費用（半年分）五百センス、そして彼女の武器の代金三百センス、計三万八百センス。金貨三枚、銀貨八枚をマティアスに支払い、一枚の金属札を受け取る。

隷属の首輪とセットになる金属札らしく、これの所有者登録を切り替えられたら、ハルがほかの者の奴隷になってしまうから、絶対になくしてはいけない。なくすのが心配なら、奴隷商に預けておいたほうがいいと言われたので、マティアスに預けることにして、代わりに預かり札をもらった。

彼女の所有者であることを証明するには、この預かり札で十分だという。

ちなみに、昨日のハルのレンタル料は無料にしてくれた。そういえば保証金の金貨二枚は置いていったが、代金を支払っていなかった。

いちおう、人頭税の日割り分を支払うということで、第四職業を平民に付け替えたのだが、平民のレベルアップはなかった。

マティアスが一度税金として納めたからだろう。

いま、ハルは少ない私物を取りに、いままで彼女が寝泊まりしていた部屋に戻っている。仲のよかった奴隷との別れもあるだろうから、ゆっくりしてきていいと言っておいた。

そして、俺はマティアスと向かい合っていた。紅茶を飲みながら。

「……マティアスさん、やけに準備がいいけど、俺がハルを身請けするってわかっていたのか？」

「ええ。イチノジョウ様がノルン様を助けにいくと言った時点で。ハルワタートの言っていた、真に強い者の条件を満たすと私は思っておりました。そして、そのイチノジョウ様がハルワタートの境遇を知り、放っておかないとも思っておりました」

「……いや、俺ってあのときはそんなに強くなかったけどな」

「ハルワタートの言っている強さとは、心の強さ。弱きを助け、ときには強き者にも立ち向かっていく。そういう強さを持った者だと申しておりました」

ああ、あのときにハルが言っていた、強さをはき違えているとはそういうことだったのか。

でも、それなら疑問が残る。

「ならば、ハルと勝負して勝った者が身請けできるっていう条件は？」

「心の強さは僅かの間で見極めるのはひどく困難。それは戦いの中でわかるものであり、たとえ自分が勝負に勝ったとしても、真に心の強い者にならば仕えたい、彼女はそう言っていました」

「仕えたくない人、たとえば俺が倒した山賊のような奴に負けたらどうしてたんだ？」

「そのときは自分が未熟だっただけ。おとなしく買われると申していました」

え、凄い……そんな条件だったのか。

女神様からいただいた成長チートで得られた力よりも、心の強さをハルが認めてくれたというのなら、それはとても喜ばしい話だ。

たとえ、成長チートによる力があることが前提で引き出された強さだとしても。

しばらくしてハルが戻ってきて——俺は目を見開いた。

「……ハル、その姿は？」

いままでは、繕いもあった、お世辞にも綺麗とはいえない服だった。

だがいまは、新品の白色の布のドレスに身を包んでいる。

「私が用意しました。当商館から身請けされる奴隷には、全員に服を贈らせてもらっています」

マティアスが答えた。

そして、俺は再度ハルの姿を見る。

膝のあたりまであるスカートから、白色のふさふさふわふわの尻尾が見えていた。

「とってもよく似合うよ」

「ありがとうございます、ご主人様。ありがとうございます、マティアス様」

尻尾をパタパタと振るハルを見て、気に入ったんだな、と簡単にわかった。

「じゃあ、行こうか……」

俺は手に汗をかいていないか確認すると、ハルに向かって手を差し出した。

そして、ハルは俺の手を掴んでくれた。

いままでで一番元気に尻尾を振って。

「それにしても、ハルがいなくなって大丈夫かな」

「なにがですか？」

「ほら、マティアスさんの店、白狼の泉って、どう見てもハルありきの名前じゃないか」

ハルがいなくなったら、看板に偽りありならぬ、店名に偽りありになってしまうんじゃないだろうか？

「ご主人様、白狼の泉の由来は私ではありませんよ」

「え？　そうなの？」

「はい。私がこの店に買われるよりも前から、この店の名前は白狼の泉でした。白狼の泉は、昔から伝わる童話のようなものなんです」

ハルは説明した。

この町の周辺にはウサギとオオカミがいる。

ウサギは、白ウサギと黒ウサギの二種類が、オオカミはブラウンウルフとホワイトウルフの二種類がいるという。

じゃあ、白狼とはホワイトウルフのことなのかと尋ねたら、ハルは首を横に振った。

伝承では、もう一種類、フェンリルと呼ばれる伝説の魔狼がいたそうだ。

ある日、この近くの森に訪れたフェンリルは、森の泉の傍を縄張りとした。だが、森には泉がひとつしかなく、オオカミもウサギもその泉で水を飲むしかなかった。

フェンリルはそれをすべて受け入れたそうだ。

ただし、ウサギはオオカミに襲われないように、オオカミがいなくなる隙を見て、水を飲むしかなかった。

ある日、一羽のウサギがオオカミに見つかり、喉元を噛まれて絶命したそうだ。

そして、そのウサギから流れた血が泉を赤く染めてしまい、それを快く思わないフェンリルが、泉の傍での戦いをすべて禁止したという。

そのあとは、その泉の周りではオオカミもウサギも関係なく、平和に水を飲むことになった。

「白狼の泉とは、すべての種族間の差別をなくそうという、マティアス様の意志が込められているのです」

「そっか。マティアスさん、やっぱりいい人だったんだな」

とりあえず、マティアスの勧めで、俺たちは冒険者ギルドにパーティ登録をすることにした。俺が倒した魔物でも、ハルが倒したと堂々と宣言してアイテムを売ることができるそうだしな。

冒険者じゃない俺もパーティ登録が可能なのか？　という点が少し気になったが、冒険者ギルドに出される依頼のなかには、強い者に寄生してレベルアップをする、パワーレベリングの依頼が多くあり、そういう冒険者の助けになるようにと、冒険者がひとりでもいたらパーティ登録ができる仕組みらしい。

今後、冒険者ギルドに貴族から圧力がかかる可能性がある以上、そうなる前にパーティ登録だけは済ませたほうがいいと言われたのだ。

一度登録してしまえば、パーティの解消はそう簡単にはできないからと。

魔石の買い取りもあるし、昨日退治した山賊の賞金の受け取りもある。

ちょうどいいだろうということで、冒険者ギルドに向かった。

受付嬢は昨日と同じ狐耳の獣人、カチューシャさんだ。

「こんにちは、カチューシャさん」

「いらっしゃいませ、イチノジョウ様、ハルワタート様」

おぉ、一度名乗っただけなのに、俺の名前を覚えてくれているとは。さすがはプロだな。

「本日はどのような御用でしょうか？」

「パーティ登録と、賞金の受け取り、魔石の買い取りをお願いしたいんですが」

「ハルワタート様は奴隷ですね。イチノジョウ様が所有なさっているのでしょうか？」

そう聞かれて、俺はハルの所有証明書の預かり札を提出した。

カチューシャさんはその預かり札をしげしげと見詰め、

「本物のようですね」

小さく頷く。

偽物ではないとわかってはいるが、少し緊張した。

「では、パーティ登録の申請をいたします。文字は書けますか？」

「ええと、名前くらいなら」

昨日、ダイジロウさんの本を読んで、名前の書き方だけは学んでいた。

この世界の文字は、母音五つ、子音十三、そして、「ん」を示す十九文字で構成されていて、数字は○から九までの十種類ある。

ゼロの概念も存在するようだ。合計二十九文字を覚えたらいいんだから、楽なんだが。

どうも発音するのと文字にするのでは大きく異なるようで、悪戦苦闘している。

「ハルは文字を読めるか？」

「はい、読み書きはマティアス様から学びました。私が代筆いたします」

そう言って、ハルがペンで記入していく。

そして、ハルが冒険者証明書を出して、パーティ登録は終わった。

簡単に終わった。呆気なくて、本当にいいのか？　と思ってしまうくらいに早く。

だが、それは思ってはいけなかった。フラグだったからだ。

「おい、待ちな！　てめぇがハルワタートの飼い主になったってのは本当か⁉」

ごつい、スキンヘッドの男が後ろから声をかけてきたから。

……そして、俺の怒りのボルテージが上がる。

飼い主……だと？

「悪いことは言わねぇ、いますぐ彼女を返品してきな。そしたら、ここは見逃してやるぜ？」

冒険者ギルドで定番の新人への絡み……だが、ハルをペット扱いするだけでなく、物扱いしてくる相手に、俺の怒りはさらに上がっていった。

「ん？　怒っているのか？　なんならやるか？」

男はそう言って、腰の剣をチャカチャカと鳴らす。

「彼の狙いはご主人様を怒らせて、自分を殴らせ、犯罪者にすることです。冒険者ギルド内で剣を抜くだけでも、下手をしたら冒険者ギルドへの出入りを禁止される恐れがあります」

「……そうだろうな」

ハルに言われて平静さを取り戻し、相手の職業とレベルを確認する。

【拳闘士：ＬＶ１８】

なるほど、本当に戦いとなったら自分は剣を抜かずに戦える。腰にある剣は飾りというわけか。

そういえば、マーガレットさんも元拳闘士だって言ってたな。

「セリスロ風情が、わかったようなことを言いやがって」

男は悪態をついてハルを見た。

「……セリスロ？」

そういえば、山賊もハルのことをセリスロって呼んでいた。

「いったい、どういう意味なんだ？」

「セリスロは獣人族の蔑称です」

俺の呟きに、ハルが答えた。

「セリアンスロゥプ……セリアンは野生動物という意味でして、アンスロゥプが人間という意味。セリアンスロゥプで獣人という意味として昔は使われていました。ですが、獣人と野生動物とは異なりますので、近年は使われなくなりました。それでも蔑称としては残っているんです」

つまり、あの山賊もこいつも、ハルのことを野生動物扱いしたってことか！　なんてひどいことを言いやがる。許せるわけがない。ていうか、受付嬢のカチューシャさんだって狐耳の獣人なのに、よくそんなことを大きな声で言えるな、こいつ。

「ご主人様、私はなにを言われても平気ですから」

ハルが言う。そんな悲しいことを言われると胸が痛い。だが、その通りだな。ここで俺が怒れば相手の思う壺だ。俺が暴れた場合、最悪、冒険者として登録しているハルの罰則になる。

「あんた、もしかして、ハルを買いたいと言っていた貴族の部下かなにかか？」

「あぁ？　なんのことだかわからないねぇ」

ニヤニヤと笑う男。あぁ、まぁそういうことだよな。

「ただ、風の噂によると、白狼族の奴隷を買いたいと言っている貴族は冒険者ギルドに強い影響力があってな、その使いの者が九日後、この町に来るんだよ。そんときに白狼族がすでに買われたって聞いたら、その貴族にとっては最大の恥だろ？　なにをするかわからねぇよな。たとえば、暗殺者を雇うとか」

露骨な脅しをして、拳闘士の男はニヤニヤと笑うが、果たしてそれが脅しなのか、それとも可能性の高い未来なのか、いまの俺には想像もできない。

「ヒョロヒョロした腐ったニンジンのようなお前なら、すぐに殺されちまうぜ」

「ご主人様――――！」

ハルが押し殺すような声で俺に言う。わかっている、そんな挑発に乗るような俺じゃないって。

「奴を噛み殺す許可をください。私のことはともかく、ご主人様のことを侮蔑するなど、万死に値します」

ハルは戦闘態勢に入るように腰を落とし、その口からは尖った犬歯が見えていた。

「待って待って！　え、ハル、気持ちは嬉しいけど、ダメ！　命令！　ダメだ！　これは罠だって」

俺の命令に、ハルの尻尾がしゅんっとなった。

ハルの奴、普段はクールビューティーなのに、俺のことになるとこんなにも熱くなってくれるのか。それは嬉しいのだが、ここで暴れられては困る。

「カチューシャさん、魔石の買い取りはいいので、山賊の賞金だけでももらえませんか？　すぐに出ていきますので」

「あ、はい。すぐに――」

カチューシャさんもギルド内で問題を起こされたら困ると思ったのか、すぐにお金を用意しようと席を立った。

「おい、逃げるのか？　なんなら舞台の上で戦ってもいいんだぞ？」

「どこで戦おうが一緒だろ。悪いが犯罪者になんてなっちまったら、故郷に残してきた妹になにを言われるか、わかったもんじゃないんでね」

「あぁ？　知らないのか？　舞台の上とは決闘の場で戦うということだ。たとえ相手を殺しちまっても、それが問題になることはない。ただし、武器の使用はいまはご法度だがな。俺は剣だけじゃなく、拳での殴り合いも得意だからよ」

剣をテーブルの上に置く。お前は剣士じゃなくて、拳闘士だろうが。

自分にとって優位な場所で戦いたいってことか。

「昨夜連れてこられた山賊には賞金がかかっていました。こちらが盗賊退治の賞金、八千センスです」

「ありがとうございます」

そして――

十枚に束ねられた銀貨を八つ受け取った。八十万円か。結構な大金だ。

「カチューシャさん、舞台ってどこにあるんですか？　誰でも使えるんですか？」

「え？　あ、はい。舞台はギルドの裏にあります。冒険者ギルドのメンバーだけが使えますが、同じパーティの方も使えますので、イチノジョウ様も使うことが可能です」

「ご主人様、私に命令してください。私が戦いましょう」

「剣での戦いならハルが負けることはないと思うが、剣が使えないとなるとな。相手は拳闘士だ。ハルでも厳しいかもしれない」

俺が相手の正体を見抜くと、男の顔色が変わった。

そして、

「今日は勝負を受けない。でも、その貴族の使いが来るまであと九日あるんだろ？　それまでにあんたと戦ってやるよ。ただし、それまでにあんたやあんたの友人が、俺たちに余計なちょっかいを出さなければの話だがな」

俺はそう言うと、ハルと一緒に冒険者ギルドを去った。

背後から、

「絶対だぞ、忘れるんじゃないぞ、ニンジン小僧！」

という笑い混じりの声が聞こえてきた。その言葉に、ハルが唇を強く噛み締めていた。

悔しいのだろう。自分の主人が、つまり俺がバカにされたことが。

ヘイトの回収は早いほうがいい。でも、それ以上にヘイトを回収するなら圧倒的な力を見せつけないといけない。

二度と立ち上がれないくらいに圧倒的な差を……な。


まずは素手での戦いに備えて、拳闘士に職業を変更したいところだ。

「ハル、拳闘士になるにはどうしたらいいか知ってるか？」

「木こりがレベル５になれば斧使い、レベル７になれば槌使い、レベル１０になれば拳闘士になれると聞きました」

木こりは重装備、肉体強化設定か。

まぁ、チェーンソーとかない世界だから、筋力は絶対に必要だろうが。

「よし、飯を食ったら迷宮に行くか」

俺の提案に、ハルは、

「どこまでもついていきます」

と尻尾を振って応えてくれた。

銅貨二十枚くらいで美味しい魚料理が食べられる店がないかハルに聞くと、彼女は町外れにあるレストランへと俺を案内してくれた。

店の前で俺はハルに確認しておくことにした。

「えっと、ハル、俺こういう店に入るの初めてなんだけど、チップっていつ渡せばいいかわかる？」

日本では料理の代金だけを支払えばいいのが普通だが、欧米諸国ではチップを支払う店が多い。それでも近年は減ってきているそうだが。

チップでのもめごとなんてごめん被りたいので、ハルに尋ねた。

「ご主人様、あちらの看板をご覧ください」

俺はハルの視線の先の看板を見る。手のマークと銅貨のマークがひとつの円の中に描かれており、大きくバツが上から描かれている。

「あちらのマークがチップフリー、従業員は給料制になっていて、食事の代金にチップの代金が含まれています」

「へぇ、そうなんだ」

「チップフリーにすると、従業員の質が低下する可能性があるというデメリットもありますが、それ以上にチップによる問題が起こりません」

なるほど、それはとてもわかりやすい。

逆にチップを払わないといけない看板はあるのかと尋ねたが、そんな看板はないらしい。

「じゃあ、入ろうか」

「はい」

俺とハルは店に入った。

大衆食堂以上、高級レストラン以下、そこそこオシャレなイタリアンの店という雰囲気だ。奥にはテラス席もあるみたいで、その奥には庭も見える。

ちょうど空いているようなので、店員さんに頼んでテラス席に案内してもらった。

そして、椅子に座り――

「ハルは座らないの？」

立ったままのハルにそう尋ねた。

「申し訳ありません」

彼女はそう言うと、床に膝を突きその場に――つまりは床に座ろうとした。

「待って待って、そこじゃなくて椅子に！」

俺はハルの二の腕を掴んで立ち上がらせた。

「椅子に座ってもよろしいのですか？」

「勿論だよ。てか、床に座られるほうがよくないよ」

「奴隷は通常、主人と同じ席に着かないものですが」

そういうものなのか？

「店の禁止事項？」

「そういうわけでは――」

「じゃあ座って。俺は通常じゃないから」

本当によかった。

もしも、奴隷と同じ場所で食事をすることが禁止の店だというのなら、俺はなにも食べずにこの店を出るところだった。

「かしこまりました」

ハルはようやく椅子に座ってくれた。

ウェイターが水を運んできて、俺の前に置いた。

「水って無料なの？」

ウェイターが立ち去ったのを見て、俺はハルに尋ねた。

俺の拙い知識だと、飲み水も代金がかかりそうな気がするが。

「はい、無料ですね」

……そっか、無料なのか。

そういえば、マーガレットさんの店の裏にある井戸水も豊富で、美味しかったしな。

「でも、それならなんで俺の前にだけ置かれたんだ？」

「水は食事をする人だけに提供されます。この店は、奴隷用の割安の食事は提供していないのでしょう」

……なるほど、彼女が同じ食事をすると思わなかったわけか。

この世界の奴隷の扱いについて認識しながら、俺はメニューに視線を向け――メニューをそのまま閉じた。

読めない！

ただ、メニューの右側が全部数字っぽいんだよな。ならば、一番高いメニューでも三桁の数字だ。銀貨十枚あれば足りる。

テーブルの上に置かれた呼び鈴を鳴らしてウェイターを呼ぶ。

「シェフのお勧めの品をふたつ、ひとつは彼女の分で彼女も客だから、水をもうひとつ持ってきて」

「かしこまりました。少々お待ちください」

ウェイターが去っていき、ハルが、

「よろしいのですか?」

と尋ねる。

「これから迷宮に行くのに空腹だと困るだろ。というか、迷宮に行かなくても、ハルには美味しいご飯を食べてもらいたいしな」

運ばれてきたのは、スープと魚料理と白いパンだった。

スープは黄金色に輝く鶏がらのスープで、味は勿論美味しいんだけど、店の雰囲気とはあまり合わない。

なんというか、チキンラーメンのスープを飲んでいるようだ。

そして俺はハルを見て、少し不思議に思ったことがあった。

彼女のスープの飲み方、音を立てずに飲む仕草、まるでどこかのお嬢様のようだ。

いや、どこかのお嬢様のように美人なのは最初から知っていることだが、奴隷として暮らしていたとは思えない。

「ハルって、もしかして金持ちの家の娘だったの？」

ハルはスープを掬う手を止めて首を横に振った。

「……いえ、私の父はとても勇敢な戦士で、母はその父を常に献身的に支えている良き妻でした」

なんか、とても平和的な家のように思える。

勇敢な戦士で、献身的に支える——ハルはきっと、両親の良い部分を継いだのだろうな。

「そうなのか。なら、ハルはなんで奴隷になったんだ？」

なにげなく尋ねた質問に、ハルの顔色が悪くなる。

言いたくないことなのだろう。

「……それは」

「待った！　ハル、ひとつお願いがある」

「なんでしょう？」

「いまの質問の答えは、ハルが俺に言いたくなったときに言ってくれ。言いたくないのなら無理に言わなくても構わない」

いまのは俺が悪かった。

奴隷になってしまうっていうのは、普通の生活でそうそうあるものじゃないだろう。

「ただ、これだけは約束する。ハルがどんな理由で奴隷になったとしても、俺はハルのことを絶対に嫌いになったりはしないからな」

そう言って、俺は焼き魚を食べた。

……もっと塩を振ってくれたら美味しくなるのになと思う、少し残念な味だった。

「ありがとうございます、ご主人様。必ずいつかすべてをお話しいたします」

ハルはそう言って、頭を下げた。

彼女にもいろいろと事情があるんだろうな。

そう思ってスープを飲んだ。チキンラーメンが食べたくなった。


食事のあと、俺はどうやってあの拳闘士の男を爽快に倒そうかと考えながら、とりあえず買い物に行くことにした。

多くの品物が並ぶ。

小物類や食器類、よくわからない人形や食料品なども売られていた。鞄やロープなどもある。

雑貨店というより、よろず屋といったほうがいいかもしれない。

火を出すマジックアイテムなんていうものも売っていたが、三千センスと高価だった。

奥のほうで、三十歳くらいの男性店員が頬杖を突いてこちらを見ていた。営業スマイルはまったくない。

「そうだ、店員さん、アイテムバッグって売っていますか？」

あれば便利だから、安ければハルにも持たせてあげたい。

俺はそんな軽い気持ちで尋ねた。

「アイテムバッグ？　そんな高価なもんあるわけないだろ？」

冗談だと思ったのか、店員は笑いながら言った。

「え？　どのくらいの値段なんですか？」

「なんだ、本当に欲しかったのかい？　そうだな、最低でも十万センスはするな。もっとも、アイテムバッグといっても普通の鞄の三倍入る程度で、容量が大きければ、少なくともその百倍はするぞ？」

え？　十万センスの百倍ってことは……まさかの一千万センス？

そんな高価なものを俺にくれたのか、ダイジロウさん。

アイテムバッグについては、まぁまぁ貴重なアイテムだって書いてあったが、まぁまぁどころではない。かなり貴重なアイテムだ。

いや、あそこで正しい値段を書かなかったのは、訪れた異世界人がアイテムバッグを三個とも持っていってしまわないための適切な判断だろう。

「ご主人様、保存食も買うんですか？」

「保存食？」

「乾パンと干し肉です」

うわ、ザ保存食って感じの定番商品だな。でも、そういう冒険者っぽい食事も憧れるな。

とりあえず、それらも買っておいた。

「そういえば、この町には迷宮が何個かあるんだっけ?」

ポーションや保存食、ほかにもロープやランプといった日常品も買い揃えた俺は、店を出るとハルに尋ねた。

「はい、初心者用の迷宮、中級者用の迷宮、上級者用の迷宮です。私たちなら中級者用の迷宮でも、十分に通用すると思われます」

「じゃあ、中級者用の迷宮に行くか」

コボルト相手だと、そろそろレベルも上がりにくくなるだろう。

「いえ、ご主人様は最初、初心者用の迷宮をクリアなさったほうがいいかと思われます。初心者用の迷宮は十階層にボス部屋がありまして、初めてボスを倒した人には特典が与えられます」

ボス部屋に迷宮クリアボーナスか。本当にゲームみたいだな。

「ハルはボスを倒したことがあるのか?」

「はい。私が倒したときは〝速度上昇(微)〟のスキルを入手できました」

速度上昇(微)とは、常に速度を十パーセント上昇させるパッシブスキルのことらしい。

ちなみに、この上昇系のスキルは、(微)(小)(中)(大)(特大)(極)(極大)と、ひとつランクが上がるごとに十パーセントずつ増えていく。極大だと七十パーセント増加ってことか。

勿論、これは確認されているだけで、本当はもっと上があるのかもしれない。

「常に十パーセント上昇って凄いな。へぇ、そんなスキルがもらえるのか。じゃあ、そうしてみるか」

俺たちは昨日も潜った初心者迷宮に向かうことにした。

その前に、職業を大幅に変更してステータスを確認する。

「ステータスオープン」

…………………………………………………………

名前：イチノジョウ
種族：ヒューム
職業：無職LV52　剣士LV4　見習い魔術師LV1　木こりLV1
HP：103／103（10＋65＋10＋18）
MP：53／53（8＋10＋30＋5）
物攻：89（9＋65＋5＋10）
物防：72（7＋42＋9＋14）
魔攻：43（4＋10＋20＋9）
魔防：45（3＋14＋15＋13）
速度：42（4＋30＋4＋4）

幸運：４０（１０＋１０＋１０＋１０）
装備：綿の服　皮の靴　鉄の軽鎧　鉄の剣
スキル：【職業変更】【第四職業設定】【投石】【剣装備Ⅱ】【スラッシュ】【職業鑑定】【回転斬り】【弓矢装備】【解体Ⅱ】【スキル説明】【気配探知】【剣術強化（小）】
取得済み称号：なし
転職可能職業：平民ＬＶ１５　農家ＬＶ１　狩人ＬＶ２４　木こりＬＶ１　見習い剣士ＬＶ２５　見習い魔術師ＬＶ１　行商人ＬＶ１　見習い槍士ＬＶ１　剣士ＬＶ４　弓士ＬＶ１
天恵：取得経験値２０倍　必要経験値１／２０

…………………………………………


うん、最初の頃に比べたら月とスッポン、雲泥の差があるな。

「そういえば、ハルのステータスってどんなもんなんだ？」

「ご覧になってくださっても結構ですよ？」

「え？　ほかの人のステータスって簡単に見られるものなの？」

「仲間のステータスで、許可が出れば。名前と一緒に、ステータスオープンと言ってくだされば」

「よし、ハルワタート、ステータスオープン」

…………………………………………………………

名前：ハルワタート
種族：白狼族
職業：剣士ＬＶ２３

ＨＰ：１０３／１０３
ＭＰ：５３／５３
物攻：１３２
物防：１０５
魔攻：２０
魔防：２４
速度：６２
幸運：１０

装備：隷属の首輪　ショートソード　ショートソード　絹のドレス　皮の靴
スキル：：【投石】【弓装備】【解体】【剣装備Ⅱ】【スラッシュⅡ】【回転斬りⅡ】【弓矢装備】【剣術強化（小）】【速度上昇（微）】【二刀流】【経験値配分設定】

取得済み称号：迷宮踏破者　パーティリーダー
転職可能職業：平民ＬＶ１５　農家ＬＶ１　狩人ＬＶ５　木こりＬＶ１　見習い剣士ＬＶ２５
　剣士ＬＶ２３　獣剣士ＬＶ１

…………………………………………………………


うぉ、強いな。

現在の俺には及ばないが、盗賊ふたりを殺す前の俺よりは遥かに強かった。

「獣剣士って職業もあるんだ」

「獣剣士は、獣人のみがなれる剣士の上位職です。ですが、獣神官しか職業変更ができないため、私は獣剣士にはなれません。獣神官は世界でも数人しかいませんから」

へぇ、そうなのか……俺の職業変更のスキルでできないのかな？


…………………………………………………………

名前：ハルワタート
種族：白狼族
職業：獣剣士ＬＶ１
ＨＰ：６９／６９

ＭＰ：２５／２５
物攻：５１
物防：４０
魔攻：０
魔防：４０
速度：１１０
幸運：２０

装備：隷属の首輪　ショートソード　ショートソード　絹のドレス　皮の靴
スキル：【投石】【弓装備】【解体】【剣装備Ⅱ】【スラッシュⅡ】【回転斬りⅡ】【弓矢装備】【剣術強化（小）】【速度上昇（微）】【二刀流】【経験値配分設定】
取得済み称号：迷宮踏破者　パーティリーダー
転職可能職業：平民ＬＶ１５　農家ＬＶ１　狩人ＬＶ５　木こりＬＶ１　見習い剣士ＬＶ２５　剣士ＬＶ２３　獣剣士ＬＶ１

…………………………………………………………

あ、簡単にできた。
どうやら、仲間の職業は変更できるらしい。獣剣士は魔攻がまったくないのか。その代わり、レベル1なのに速度が110とか凄い。

上位職というのは嘘ではないようだ。

ずいぶんと偏りのあるステータスだが。

仲間以外の職業も変更できるのか、今度試してみよう。もしできたら、あの拳闘士との戦いが楽に、いや、対人戦では無敵といってもいいようになる。

「ハル、獣剣士でレベル上げするか」

「そうですね、できることならそうしてみたいです」

「そうか、なら、絶対に大きな声を出さないって約束して、ステータスを確認してくれ」

百聞は一見に如かずだ。

怪訝な顔をすることもなく、ハルは言われた通りにステータスオープンと唱える。

すると、さすがにポーカーフェイスのハルも、目が見開いた。

「ご主人様、これはいったい」

「ま、俺の特殊能力だと思ってくれ。てか、やっぱり珍しいんだな」

「……通常、職業変更は、神官が教会か神殿でのみ行うことが可能です。それ以外の場所で一瞬で職業を変えられるスキルなんて、聞いたことがありません」

「てことは、このスキルはほかの人には知られないほうがいいな」

「はい、悪用される恐れがありますから」

それは俺も考えていた。大きな罪を犯すと、盗賊や山賊、海賊といった職業になり、そうなったら通常の手段では町に入れなくなる。

俺たちが倒した山賊や盗賊が、どのような方法で町の中の迷宮に入ったのかまではわからないが。

だが、俺の力を使えば、盗賊や山賊の職業を罪人以外の職業に戻すことができる、ということだ。

「ほかにもハルにはまだ話していないことがいろいろあるんだが、迷宮の奥で話すよ」

「かしこまりました。あと、ご主人様、大変申し上げにくいのですが、レベルが1では、私も力を十分に発揮できないと思います。しばらくの間は魔物討伐の経験値の割合を山分け方式にしてもよろしいでしょうか?」

「経験値の割合?」

「はい、前にも申しましたが、通常、魔物を倒した場合、トドメを刺した者だけが経験値をもらえます。ですが、パーティ設定をしている場合、パーティのリーダーが経験値の配分を決めることができます。トドメを刺した者の総取りから、トドメを刺した者が五割、残りの五割をパーティが山分けにできます」

あぁ、確かにハルのステータスに、【パーティリーダー】の称号と、【経験値配分設定】があった。称号によって得られるスキルってところかな。

「つまり、俺がコボルトを倒して経験値を10得た場合、5と5に分けられるってことか?」

コボルトの経験値が10かどうかなんて知らない。たとえばの話だ。

「いえ、その場合、ご主人様が最初に経験値5を得て、残りの5のうち2・5をご主人様が、2・5を私が得ることになります」

経験値に1未満の値があるのかどうかはわからないが、そういうことか。

つまり山分け方式だと、倒した方が四分の三、もうひとりが四分の一になるということね。

「なるほど……んー、その代わり、一階層から三階層の魔物は俺が倒したい。一撃で倒せると思うし。いいか？」

「はい、勿論です。いまのご主人様ならすべての魔物を一撃で倒せると思います」

「スラッシュ！」

二階層で、剣戟が空を飛ぶ蝙蝠を斬り落とした。

一階層ではコボルトに出会わなかったので、本日初めての獲物だった。

【イチノジョウのレベルが上がった】

【見習い魔術師スキル：杖装備を取得した】

【木こりスキル：斧装備を取得した】

【木こりスキル：伐採を取得した】

【職業：斧使いが解放された】

無職レベルは上がらず、剣士レベルが5に、木こりレベルも5に、そして見習い魔術師レベルは3に上がった。

んー、敵を倒して無職レベルが上がらなかったのは初めてだ。

レベルが50を超えたことにより、必要経験値が上がっているのだろう。

「ハル、行こうか」

「…………」

あれ？　返事がない。

神妙な面持ちでなにか考えているようだ。

「ハル？」

「あ、はい、すみません」

「いや、いいんだけどさ。行くよ」

「はい」

二階層もほとんど魔物がいなかった。

理由に心当たりがないかハルに尋ねたら、昨日、俺たちが通ったときに使った魔物避けのお香の効果が、まだ続いているのだろうということらしい。脇道にそれたら敵に出くわす可能性も上がるとのことだ。

三階層になると、ハルが十階層までの道をある程度覚えているとのことなので、それを信じて進むことにした。

そして、三階層で第一平民――いや、第一ゴブリン発見！　って、第二、第三、第四までいる。

ゴブリンの群れのようだ。

あのときはゴブリン一匹を相手に苦戦したが、いまは違うってところを見せてやるぜ！

「じゃあ、ここも俺が行くから」

「かしこまりました」

俺はゴブリン四匹に向かって突撃していき、「スラッシュ！」とまずは一撃を放つ。

その一撃で縦一列、ゴブリン二匹は無残にもゴブリン棒と魔石を残して死亡。無残にもって、アイテムは残っているじゃないか、とツッコミを入れられるくらい余裕だった。そして、残りのゴブリンはこちらに突撃してくる。

左右からの攻撃、片方を防げば片方からダメージを受ける。でも——いまの俺には死角はない。

「回転斬り！」

フィギュアスケートのスピンよりもさらに速い高速一回転とともに、俺は周囲のゴブリンを切り裂いた。余裕すぎる勝利だ。

【イチノジョウのレベルが上がった】

【職業：槌使いが解放された】

んー、無職が53に、剣士はレベル6、木こりはレベル7、見習い魔術師はまだレベル4か。

見習い魔術師の成長が著しく遅いな。

とりあえず、落ちた魔石とゴブリン棒と呼ばれるらしいゴブリンの棍棒を拾って、アイテムバッグに収納。

で、後ろを見ると、ハルがまたもや、なにかを思案しているような顔をしていた。

「ハル、どうした？　調子が悪いのか？」

「いえ、気になることがふたつございまして」

「気になること？」

特におかしなことはなかったと思うんだが。

「ご主人様のスラッシュの威力が違いすぎるんです。昨日までゴブリンを一撃で倒すことができなかったのに、今日は楽々と倒している。昨日は手加減をなさったのでしょうか？」

ああ、なるほど。そこが気になったか。

「……もうひとつは？」

「先ほど、獣剣士のレベルが2に上がりました」

「おぉ、おめでとう」

「口伝ですが、獣剣士がレベル2になるまでには、最低ゴブリンを二十匹は倒さないといけないと聞いています。レベルアップが速すぎます」

つまり、ハルは俺の成長の速さ、そして自分自身の成長の速さについて疑念を感じたということか。

まぁ、ハル相手なら隠すことでもないので、俺は正直に言うことにした。

「んー、ハル、いまから俺が言うことは、絶対に誰にも言わないでくれ」

ハル以外には知られたら少し困るかもしれないので、そう前置きしておく。

「かしこまりました。命に替えても」

「いや、命のほうを大事にしてほしいんだが……天恵って知ってるか？」

天恵という言葉に、ハルの眉が少し動いた。

「聞いたことがございます。時折、迷い人が他の世界より舞い降りることがある。その迷い人は、我々が持たない力を女神様から授けられ、備えている。その力が天恵と呼ばれると……。まさか、ご主人様が？」

「ああ、俺は別の世界の日本という国から来た、まぁ、その迷い人ってやつだと思う」

迷い人についてはこの世界の住人には認知されている。

ただし、数はそれほど多くないし、現地の人からしたら未知な部分も多いだろう。

「怖いか？」

それを尋ねた俺のほうが怖かった。それでハルに嫌われたら、しばらく立ち直れない。

「いいえ、私がご主人様を怖いと思うことなど決してございません。むしろ、私を信じて話してくださったことを誇りに思います」

ハルが真っ直ぐ、灰色の瞳で俺を見てきた。

本当に忠誠心あふれる、とてもいい奴だ。

「それで、俺が持っている天恵っていうのが、人よりも速く成長する天恵なんだ。取得経験値が二十倍になる天恵と、レベルアップに必要な経験値が二十分の一になる天恵のふたつだ」

「天恵をふたつも持っていらっしゃるのですか」

今日のハルは驚きっぱなしだな。

それは女神のダブルブッキングによるミスだけどな。

「俺が取得した経験値は二十倍、うち半分に加えてさらにその半分、つまり十五倍分が俺に、残りの五倍分がハルにいくってわけだ。だから、ゴブリンを四匹倒したから、ゴブリン二十四匹分の経験値がハルに入ったんだ」

必要経験値二十分の一の天恵はハルには影響がないんだろうな。

このふたつの天恵の違いは、つまりはそういうことだ。

自分よりも強い人間とパーティを組んでパワーレベリングしてもらうときは、必要経験値二十分の一のほうが役に立つ。

自分と対等、もしくは自分より弱い相手とパーティを組んでレベル上げをするときは、取得経験値二十倍のほうが役に立つ。

「それで、ご主人様は三階層までの敵は自分で倒すとおっしゃったのですね」

「ああ。でもまぁ、敵が強くなったら、そんなことは言っていられないからな」

そして、ハルは言った。

「それにしても、まさかご主人様が、十二年前に魔王ファミリス・ラリテイを倒した英雄のひとり、ダイジロウ様と同じニホンの方とは思いませんでした」

「……え?」

ダイジロウさん、あなたって人は、こっちの世界でそんなことしてた有名人なの?


ハルは説明してくれた。

二百年もの昔。

ファミリス・ラリテイが魔王に戴冠したことを世界中に宣言。

その後、南の大陸ツァオバールを魔族の支配下に置いた。

ツァオバールにあるアルタル湖は魔族にとっても、そして、この世界において最大の宗教派閥でもあるラコント教会にとっても聖地であり、アルタル湖の領有権を巡り戦争が起きた。

長きに渡る戦争ののち、十二年前、四人の英雄が魔王ファミリス・ラリテイを討伐、魔族をツァオバールの遥か南へと追いやり、アルタル湖を奪還した。

その四人の英雄のうちのひとりというのが、魔導技師ダイジロウであるとハルは語った。

そういえば、あの本が書かれたのも十二年前だった。

魔王を倒し、英雄として崇められてお金に余裕ができたのだろうか？

てっきり、瞬間移動の力を女神からもらって、交易チートなどで大儲けをしたとか、勝手に予想していたが、現実は想像の斜め上をいくようだ。事実は小説よりも奇なりとは、よく言ったものだ。

ちなみに、ダイジロウさんがいるという魔法都市マレイグルリがツァオバールの首都らしい。

説明を聞いていると、新たな魔物が現れた。

「へぇ、なるほど。スラッシュ……硬いな」

説明への相槌を打ちながら、俺はスラッシュを放った。

威力が上がっているはずのスラッシュだったが、目の前の敵にはあまり効いていない。

目の前の青いゲル状の魔物。四階層の敵、おそらくスライムだろう。

こちらも最弱の魔物としては有名だが、明らかにゴブリンよりは強い。

「スラッシュ！　はい、スライムは物理攻撃が効きにくいのと、金属製の武器で斬れば得物を錆びさせます。剣士ならば離れて、遠くからスラッシュで攻撃を続けるのが有効です」

とりあえず、スライムは物理攻撃耐性が高いぶん、速度は遅いので、こうしていたらこちらがやられることはない。

だが、MPの問題もあるし、挟み撃ちの可能性もあるから、きっちり倒しておきたい。

コボルトから逃げて挟み撃ちになったときのことを思い出す。

先ほどのスラッシュから十秒後、再度スラッシュを使い、スライムを撃破。

俺がトドメを刺したのは偶然だが、お陰で経験値が多めに手に入る。

【イチノジョウのレベルが上がった】
【見習い魔術師スキル：火魔法を取得した】

木こりがレベル8に、そして見習い魔術師はレベル5に上がった。

火魔法……魔法……魔法きたぁぁぁぁっ！

テンション上がるな、これ。やっぱり異世界っていったら魔法だよな。

ここでダイジロウさんの本を思い出す。

【この世界の能力のなかに魔法がある。地球の民なら誰もが憧れるものだ。簡単な魔法は、見習い魔術師レベル5で覚えられる火魔法だ。魔法を取得したら、マジックリストオープンと念じるんだ。使える魔法が表示されるはずだ。ちなみに、回復魔法は平民レベル60の見習い法術師にならないと覚えられず、生半可な方法だと取得できない】

とある。なので、

「マジックリストオープン」

と呟いた。

プチファイヤ　LV1　消費MP3

「……弱そうだな、プチファイ……呟いても大丈夫かな」

魔法の名前を唱えたら自動的に魔法が発動する、とかだったら怖いから、とりあえず誰もいない方向を向き、手を前に。

そして、魔法を使いたいと念じてプチファイヤと言ってみる。

すると、手のひらから小さな火の玉が飛び出して、壁に激突。焦げ跡も残さずに消滅した。

【イチノジョウのレベルが上がった】

お、レベルアップきた。魔法を使うと見習い魔術師の経験値が貯まるようだ。レベル6に上がっている。

「ご主人様、いまのは魔法ですか？」

スライムの魔石と乾燥した寒天のようなアイテムを拾っていたハルが尋ねた。

「あぁ……スライム相手だと魔法があったほうが楽だよな」

「はい、いまの威力でしたら、スライムなら一撃で倒せると思います。ご主人様は魔法剣士なのですか？」

「え？　いや、違うけど？」

「普通、剣士は魔法の威力が弱く、魔術師は力がほとんどありません。両方使いこなせるのは魔法剣士か、肉体強化系のスキルを多く取得している魔術師、逆に魔術強化系のスキルを多く取得している剣士くらいのものです」

「んー、まぁ、魔法剣士に似ている職業だと思ってくれ」

無職について説明するのは、もう少しあとにしようと思っている。

隠したいとかそういう意味ではない。ただ「俺は無職だ」と語るのが嫌なだけなんだ。

合コンで職業を聞かれて「無職です」と答えるのは、誰だって嫌だろう？

それと一緒だ。

「そういえば、ギルドの舞台での戦闘って、剣はご法度だけど、魔法は大丈夫なのか？」

魔法を使われるとなれば、その対策も考えないといけない。

俺の疑問に、ハルは少し考え、

「禁止ではありませんが、舞台での戦いを見物している観客からは野次が飛びます」

と教えてくれた。

「確かに、快くは思われないだろうな」

ハルから寒天もどきと魔石を受け取り、アイテムバッグに入れながら俺は呟いた。

プロボクシングの試合を見にいって、ひとりがボウガンを用意しているようなものだ。

あと、プチファイヤは、一回使っても魔法そのもののレベルは上がらなかった。

魔法のレベルアップに必要なのは経験値ではなく、熟練度と呼ばれるものらしいから、成長チートとは無縁なのだろう。

プチファイヤがあるのなら、普通のファイヤや、メガファイヤなんていうのもあるのだろうか？

プチファイヤを鍛えに鍛えて、相手のメガファイヤを俺のプチファイヤで打ち消し、

「いまのはメガファイヤではない、プチファイヤだ」

という、漫画みたいな台詞を言ってみたいものだ。

「この町に魔術師は多いのか？」

「それほど多くはありませんね。魔術師は大成するには大金が必要だと聞きます。魔法を多く使えば魔術師は成長しますが、ＭＰを回復するためのマナポーションが高価だからです」

魔法の世界も世知辛いのね。

「お金がないなら……錬金術師になってマナポーションを自作するしかないのかな」

「マナポーションを作るのは錬金術師ではなくて薬師ですね。薬師のなかでも高レベルの者しか作れません。だから高いのです」

ちなみに、薬師になるには、農家をレベル５にして、採取人の職業を解放し、採取人のレベルをさらに１０にすることで解放されるらしい。

錬金術師は、見習い魔術師レベル１０で解放される見習い錬金術師を、レベル２０にしたら解放

されるという。

草花や木の実、生物の体の一部などから薬などを作るのは薬師。

鉱石から金属を、金属を組み合わせて合金を作るのが錬金術師。

どちらも将来的には鍛えたい職業ではあるが、いまは関係ないか。

次の獲物の位置を探った。

「あっちにいるのはスライムかな」

気配探知を使うと、少し離れた場所に気配があるのを感じた。

この階層にはスライムとジャイアントバット、ゴブリンの三種類の魔物がいるらしい。四階層に入ってからは魔物避けのお香の効果もないから、敵の数も多いしな。

「はい、スライムの匂いですね」

「よし、じゃあ早速試し打ちさせていただきますか」

走っていくと、そこにいたのは――金色のスライムだった。

「…………」

「…………」

目が合う俺とスライム。

よし、とりあえず「プチファイア」と唱えてみた。

「あ、ご主人様、そのスライムは!?」

「え?」

ハルが驚き、俺が声を上げた。

もしかして危険な相手？

だが、スライムは蒸発……楽々倒せた。

そして――

【イチノジョウのレベルが上がった】

無職のレベルが５４に、剣士のレベルが７に、木こりのレベルが９に上がった。

【称号：レアハンターを取得した】

【称号スキル：幸運ＵＰ（微）を取得した】

おぉ、初めての称号ＧＥＴ。

こいつはラッキーだ。

ステータスを見てみると、幸運が一割増えている。

「ご主人様、レアメダルです」

「レアメダル？」

金色のスライムは魔石とともに、一枚のメダルを落としていた。これがレアメダルというらしい。

金色のメダルで、ハートの絵が描かれている。

「レアメダルってなんだ？」

「レアメダルは、レアモンスターが必ず落とすアイテムで、魔物使いがテイムした魔物に食べさせることで、その魔物をパワーアップさせることができます」

「便利なアイテムなんだな」

「はい。そのぶんとても珍しいアイテムでして、レアメダル一枚で三万センスはくだらないでしょう。初心者迷宮のような低レベルの迷宮では、一生に一度見られるかどうかのアイテムです」

「金貨三枚か⁉　それは運がいいな。レアモンスターなのに経験値が普通のスライムと変わらないのは残念だけど」

　無機物のメダルを食べさせられる魔物の気持ちは横に置いて、小さな金色のメダルを見て、俺はふと気になったことをハルに尋ねた。

「このレアメダルをたくさん集めると、レアなアイテムと交換してくれる王様っているのか？」

「高価で有用性の高いアイテムですから、たくさん集めたらどこの王様でもアイテムと交換してくれると思いますよ」

「そうか……そうだよな」

　変な質問をした。

　とりあえず、レアメダルはアイテムバッグに入れておくとして、迷宮探索を続けよう。

「でも、迷宮ってもっと、三分歩けば魔物が出てきて……十分歩けば宝箱があって、みたいな場所かと思っていたんだけど、意外と魔物は少ないんだな……」

　迷宮の九階層、すれ違った六人組（全員男）の冒険者に会釈だけの挨拶をしながら、俺はハルにそんなことを尋ねた。

　いちおう、後ろから襲われないか警戒してみるが、相手は俺たちと挨拶を交わしたあとはこちらを気にするそぶりを見せずに、階段を上がっていった。

「初心者迷宮はそういうものです。魔物部屋《モンスタールーム》もありませんし、ある程度強い人は道中の魔物は無視して、ボスだけ倒すのみですね」

「あぁ、俺たちもそうするか。ボスって、この階段の下だっけ？」

「はい……いますれ違った冒険者たちがボスを倒したのなら、再度出現するまで時間があります。その間はボス部屋には入れません」

「リポップの時間があるのか。どのくらい？」

「初心者迷宮でしたら三十分くらいで再度出現するそうです」

ハルの案内でさらに進むこと五分。

下り階段を見つけて下りていく。道を覚えているのか？　とハルに聞いたら、先ほどの冒険者の匂いを逆ルートでたどったそうだ。便利だな。

そして、階段を下りてすぐ――獅子のマークの扉があった。高さ四メートル、横幅二メートルの巨大な扉だ。

「時間がくれば開きます。ほかの冒険者がいる場合は順番待ちになります」

「ここのボスはなんて魔物なんだ？」

「ゴブリン王ですね。ゴブリン五匹と同時に出現しますが、私ひとりでも十分に勝てる程度です」

「そうか。なら、動きすぎて気分が悪くなることもないな。ちょうどいいし、ご飯にしよう」

迷宮の中だと時間がいまいちわからないから、腹時計が頼りだ。

迷宮に入って三時間経過、午後四時くらいだと思う。

「ハルも干し肉とパン、水でいいか？」

「ご主人様と同じ食事でよろしいのですか？」

「あぁ……本当はアイテムバッグがあるから、もっと出来立ての食事でもよかったんだけど、一度こういう干し肉とかも食べたくてな」

ハルと俺は干し肉とパンを分け合い、ふたりで食べることにした。

干し肉……ビーフジャーキーみたいかと思ったら、もうほとんど塩肉だな。それに硬い。

消毒目的のため、高いアルコール度数の酒で拭かれており、その匂いも苦手だ。そのため、食べるとやたらに喉が渇く。アイテムバッグの外に出していたら、匂いも飛んでいたんだろうが。

パンもフランスパンよりも硬く、味も薄い。歯が鍛えられる。自然と水を飲む回数も増える。

やっぱり、今度から普通の食事を持ってくるようにしよう。

「やっぱり干し肉は美味しいですね」

黙々と干し肉を食べていくハル。尻尾が左右に揺れている。

表情はいつもと変わらないが、尻尾だけは本当に美味しそうだ。

「ハルは干し肉が好物なのか？」

「はい、昨日マーガレット様が作って下さった肉料理も美味しかったですが、私はやはり硬い肉のほうが好きです」

「そうか……ちょっと俺には硬いな……ハル、俺の分も食べるか？」

「いえ、そんな、ご主人様の分までもらうなど」

口では遠慮しているが、尻尾が大きく揺れている。とても嬉しそうだ。

そこまで嬉しそうにしていると、ほんのちょっとだけ俺の心に潜んでいた悪魔が顔を出す。

「そうか、なら俺が食べるか……」

そう言って食べようとすると、ハルの尻尾がしゅんっとなる。

本人は、尻尾がそこまで反応しているのに気付いているのだろうか？

俺は、口に入れようとした干し肉を戻し、

「んー、でもやっぱり硬いからな。ハル、俺のためだと思って食べてくれ」

と彼女に残りの干し肉をすべて渡した。

「では、お言葉に甘えていただきます」

粛々と干し肉を受け取るハルの尻尾の動きは絶好調だった。

「……ハルは可愛いな」

「ありがとうございます」

頬を赤らめて頭を下げるハルを見て……悪魔の心は鳴りを潜めたが、今度は男の心がこみ上げてきた。といっても、勿論こんな場所で情事に及ぶつもりはない。

「あ……あの、ハル。ひとつ聞きたいんだが、白狼族にとって、尻尾とか耳とかっていうのは、他人に触られると嫌なのか？」

「白狼族にとって、尻尾、耳、お腹は認めた主人以外に触られるのをとても嫌いますが……」

耳と尻尾だけじゃなくてお腹もダメなのか。

「ご主人様に触っていただけるのなら、とても光栄です」

でも、俺なら触ってもいいって言ったよな。

ならば、と俺はゆっくり立ち上がり、ハルの右隣に座った。そして、左手で——スカートの中に手を入れ——

「あ……」

「え？」

「いえ、あの、両親以外に触られるのは初めてなので」

「あ……うん、ありがとうございます」

触っているのはあくまでも尻尾だけだが、やましいことをしている気持ちになる。

でも……気持ちいいな。カシミヤとかムートンなど比べものにならないくらいの肌触りだ。

彼女の尻尾を枕にして寝たくなる。

そして、俺の手はハルの耳に移動した。

温かい——それに柔らかい。脈打っているのがよくわかる。ハルの体温が俺の指に伝わってくるのがわかる。

「……ごちそうさまでした」

俺は満足してハルに礼を言った。

とても貴重な体験をさせていただきました。続きはまた今夜にでも。

そう思ったら、ハルは上目遣いで俺を見て、

「……あ、あの、ご主人様、できればお腹も……撫でていただけると……嬉しいです」

「お腹？」

「はい、白狼族はお腹を撫でていただくことが、最大の忠義の印になります」

そう言うとハルは仰向けになり、服を少し捲った。

おへそが少し見える。

「誰か来たら匂いでわかります」

「うん、俺も気配探知で誰か来たらわかる。でもいいのか？」

「はい……本当は部屋に戻ってからと思っていましたが……その、尻尾を触っていただいたときに、心から、ご主人様にお腹を触っていただきたいと……」

……よし、据え膳食わぬは男の恥。まぁ、お腹を撫でるだけなんだけど。

俺は手を伸ばして、ハルのお腹を触った。

柔らかい……筋肉も付いていて引き締まっているのに、この柔らかさ。

つい夢中になってしまいそうになる。もっと触っていたい。

その願いは最上限の形でハルに伝わったようだ。

「……ご主人様、もう少し上もお願いします」

「もう少し上？」

「はい、もう少し上も」

「もう少し上……いいのか？」

そこって、あれですよ？

本当にいいんですか？

ふたつのお山があって、そこはもうお腹じゃ……ってあれ？

「ハル？」

「…………………」

ハルは目を閉じて、なんの反応も示さない。恥ずかしいから目を閉じているとか、そういうのでもなさそうだ。

俺はハルの頬を軽く叩いて、反応を窺った。

「おおい……ハル……ハルさぁん」

「…………スゥー」

寝ている……え？　このタイミングで？

なんで？　と思ったら、ハルの顔が真っ赤になっていたので、俺はある可能性に気付いた。

酔っぱらっているんだ。干し肉の消毒用に使われたアルコールで！

どうも大胆だと思ったら、そういうことか。

いったい、いつから酔っぱらっていたんだろう。尻尾を撫でたときから？　それとも仰向けになったときから？

本人に聞くと絶対に恥ずかしがるだろうから、今日のことは彼女には言わないでおいてやろう。

俺は絶対に忘れはしないが。

俺は彼女の服を整え、そして右手でハルの頭を撫でた。

少し残念なのは確かだが、ハルの意外な弱点も発見できたし、よしとしよう。

俺は行き場を失った左手を広げ、天井に伸ばした。

さすがに寝ている女の子の胸を揉むなんてできないよ。

すると、後ろの扉が開き、奥にはゴブリン王、そして五匹のゴブリンがこちらを見ていた。

ニヤニヤ笑いやがって。

俺のことを、臆病者のチキン野郎とでも思っているのだろうか？

所詮、俺は据え膳も食えない、恥の多い人生を送ってきたよ。

百パーセント被害妄想なのはわかっているが、俺は剣を抜いた。

ゴブリン王、普通のゴブリンの倍の大きさはあり、武器も棒の代わりに剣を持っている。

周りにゴブリンが五匹いるお陰で、ゴブリン王の凄さがよくわかる。

こいつは絶対にあれだ。見た目の劣る友達だけと一緒に行動することで、自分を際立たせようとする奴だな。友達を友達と思っていないタイプだ。

名前からするに、ゴブリン王とゴブリンの間には主従関係はあっても、友情関係はないだろうが。

「スラッシュ！」

相手は動く気配がないので、早速スラッシュを使ってみた。だが——スラッシュはゴブリン王に届く前に——扉の付近で消滅。

ゴブリン王とゴブリンたちは、ニヤニヤして俺を見ていた。

なんでだ？

「プチファイヤ！」

MPが十分にあるのを確認して、今度は扉の外からプチファイヤを放つ――が、こちらも扉のあたりで、プチファイヤが消滅してしまった。

【イチノジョウのレベルが上がった】

魔法を使ったことにより見習い魔術師のレベルが7に上がったのはいいが。やっぱり遠距離攻撃が通用しない。

今度はアイテムバッグから、盗賊からもらった弓矢を取り出して矢を放つ。矢は、やはり扉の境目で停止し、その場に落ちた。

矢の落ちた音でハルの耳がピクピクと動いた。

「ご主人様、申し訳ありません。気を失っていたようです」

ハルはそう言って立ち上がった。

「起きたばかりで悪いが、ここから攻撃をすると見えない壁のようなものに弾かれるんだ。心当たりはあるか？」

本当に見えない壁でもあるのだろうか？

「ボスへの攻撃は、ボス部屋の外からでは無効になります」

目を覚ましたハルが説明してくれた。酔うのも速いけれど醒めるのも速いな。

「ですので、中に入ってからでないと攻撃が通用しません。また、中に入ると十秒後に扉が閉まり、中の魔物を全員倒すか、私たちがふたりとも死ぬまで扉は開きません。なので、一緒に入りましょう。ちなみに、ボスも私たちが中に入るまで攻撃をしてきません」

あぁ、確かにゴブリンたちは俺を凝視しているが、一歩も動こうとしていないな。そういうことなのか。

危ない危ない。ハルが目を覚まさなかったら、ひとりで入るところだった。

とりあえず、落ちた矢は回収しておく。

「じゃあ、せーの、で入るから。俺が左のゴブリンから、ハルは右のゴブリンから攻撃しよう！」

「はい」

作戦が丸聞こえだと思うが、まぁゴブリン相手だし別にいいだろう。あいつらが俺の言葉を理解していない可能性も高い。

そして、俺が「せーの」とかけ声をかけて、ハルと同時にボス部屋に入り、

「スラッシュ！　プチファイヤ」

スラッシュを使い、ゴブリンを一匹撃破。と同時に、右手を前に出して唱えたプチファイヤで、もう一匹を撃破した。

レベルアップコールはこない。経験値が加算されるのはすべての戦闘が終わってからか。

その間に、ハルは三匹のゴブリンを倒していた。さすがは速度特化の獣剣士だな。ゴブリン王は剣を抜き、こちらを攻撃してこようとするが、遅すぎた。ハルがひとりで倒せるのも頷ける。

俺の剣がゴブリン王の首を斬り落とした。

それで終わり。わずか十秒の勝負。スラッシュの再使用時間を待つ必要もない。これならひとりで入っても問題なかったな。

【イチノジョウのレベルが上がった】

【剣士スキル：スラッシュがスラッシュⅡにスキルアップした】

【見習い魔術師スキル：水魔法を取得した】

【職業：見習い錬金術師が解放された】

【職業：拳闘士が解放された】

【木こりスキル：伐採が伐採Ⅱにスキルアップした】

よし、拳闘士が解放された。早速木こりを拳闘士にしておこう。

それにしても、無職のレベルが本当に上がりにくくなった。ボスを倒しても1しかレベルアップしていないのか。

「ご主人様、獣剣士のレベルが3になりました」

「おぉ、おめでとう」

「本来は、初心者迷宮でレベル3になろうとしたら早くても三日はかかるのですが、これもご主人様のお陰です」

いや、俺のお陰じゃなくて、あくまでも天恵のお陰なんだけどね。

あと、あたりには魔石とゴブリン棒、そして、剣が残った。

ゴブリン王が使っていた剣か。

「ゴブリンソードですね。滅多に落とさないのですが、運がいいです」

「いい武器なのか？」

「ゴブリンを服従させる力がある魔剣です。剣としての性能はあまり良くありません」

それは、便利なのか？　ゴブリン王を倒せるのなら、ゴブリンはわざわざ服従させる必要もなく瞬殺できると思うが。

いや、ゴブリンを倒せない初心者の冒険者には、そこそこの値段で売れるかもしれないな。

なにしろ、ゴブリンを見つけたら、ゴブリンソードを使って「俺に殺されろ」と命令したらいいわけだし。

「では、ご主人様、奥の部屋に行き、女神の像に祈りましょう。そこでクリア報酬をもらえます」

「え？　女神の像？」

部屋の奥の扉が開いていた。

そして、俺はそこで見た。

女神の像を。

「成長の女神コショマーレ様の像です」

「……まさかの再現力だなっ！」

思わず叫んでいた。

目の前の像は、どう見ても俺に天恵をくれたオーク女神様だった。

え、普通、こういう女神の像ってかなり美人に仕上げるものじゃないの？

偶像崇拝もここまで来たら嫌がらせだろ、とか思ってしまう。

「そういえば、迷い人の方は全員、女神様のご尊顔を拝見することができるとか。ご主人様はコショマーレ様から天恵を授かったんですか？」

「……あぁ、このオー……女神様から取得経験値二十倍をもらったんだ」

「やはりそうなんですね。コショマーレ様は、成長の女神。豊作の女神でもあり、多くの方から信仰されています」

豊作の女神か。確かに、豊作になってもらわないと食べ物に困るもんな。

豊漁の女神も兼ねているのか？　と聞いたら、それは別の女神らしい。

「子供みたいな姿の女神様もいたんだが、知っているか？」

「子供の姿をなさった女神様は二柱いらっしゃいます」

「金髪ツインテールの女神様」

「それでしたら、トレールール様ですね。享楽の女神様です。楽に生きることを良しとし、ギャンブルの女神でもあります」

あぁ、確かに遅刻してくるあたり、マイペースだったな。神自ら楽に生きている感じだ。必要経験値二十分の一というのも、自分で戦わずにパワーレベリングをしてもらうときに便利だから、与えることができたスキルなのだろう。

「で、この女神像に祈りを捧げたらいいわけか」

「はい」

よし、まぁこの女神様のお陰で、本来なら死んでいるはずなのに、こうして第二の人生を歩むことができたわけだし、心を籠めて祈ろう。

俺は膝を突き、両手を合わせて女神に祈った。

すると、突然意識が朦朧としていき――

「よう、久しぶりだね」

目の前にオーク……じゃない、コショマーレがいた。

なにもない空間。ここに来るのは二度目だ。そして、オー……じゃない、コショマーレ様に会うのも二度目だ。

「本当に失礼な子だね」

心を読まれるのも久しぶりだ。怒られる前にちゃんと訂正したのに。

「お久しぶりです、コショマーレ様。あなたにいただいた第二の人生、満喫させていただいております」

俺は敬意を込めて、コショマーレ様に頭を下げた。

「ふん、それでいいんだよ。まったく、人の体格を見てオーク、オークって」

太った……もとい、ふくよかな体型のコショマーレ様は、俺の心の声に反感を持っているようだ。

「そもそも、この世界もあんたたちの世界も、最初はふくよかな女性のほうが美しいという設定にしたはずなのに、油断していたら百年のうちに、スマートな女性のほうが喜ばれちまった。困ったもんだよ」

コショマーレ様は、やれやれと肩をすくめた。

……世の中にデブ専がいるのは、コショマーレ様の影響なのか。最近はぽっちゃり女子が流行ってきていると聞いたことがあるので、コショマーレ様の力が強くなっているのかもしれない。

「あと、言っておくけど私は好きで太っているんだよ。私は女神なんだからね、自分の姿くらい自由に変えられるさ」

「そうなんですか」

「そうだよ……って、そんな話をするためにあんたの意識のみを、わざわざここに呼び戻したんじゃない。なんで呼ばれたか、わかっているのかい？」

あぁ、呼ばれた心当たりならひとつある。

むしろ、それしか考えられない。

「天恵がふたつあることですか？」

騙した覚えはないけれど、結果的に通常ひとつしかもらえないはずの天恵が、ふたつになってしまった。

おとなしく、必要経験値二十分の一は返さなくてはいけない。そう思った。

だが――

「……いや、それはもういいよ」

コショマーレ様の答えは俺の予想外のものだった。

「その件については、明らかにこっち側のミスだからね」

彼女は、

「トレールールにも困ったもんだよ」

と愚痴のように言った。

「……じゃあ、いったい、なにについて？」

ほかに女神様に怒られるようなことってあったかな？

「無職だよ。無職スキル」

「あぁ、無職スキル、助かっています」

「……助かってもらっちゃ困るんだよ」

彼女は盛大にため息をつき、首を横に振った。

顎の肉がぷるぷる揺れる……好きで太っていると言っているが、痩せたほうが動きやすいと思う。

「私の体格のことはいいんだよ」

しまった、心を読まれた。

コショマーレ様の一喝に、俺は直立不動の姿勢を取った。

「そもそも、無職にはスキルなんて設定をしていなかったはずなんだよ。なんの特典もない、無い職、それが無職なんだからね。にもかかわらず、第二職業？　第三職業？　それだけじゃない、女神の介入なしにはできないはずの職業変更に、他人の職業やレベルを調べる職業鑑定。まったく、天恵を超えるスキルじゃないかい」

「え？　やっぱりこれってバグ技だったんですか？」

「当たり前さ。まったく……犯人の目星は付いているんだが、システムへの介入に何百年かかることやら」

コショマーレ様は愚痴モードに移行し、ぶつぶつと呟く。

正直、なにを言っているのか半分以上わからないが、女神様も大変なんだということだけはわかった。どうやら、なんでもできるというわけではないらしい。

「とにかく、あんたの無職スキルについては、あまり周囲には知られちゃいけないよ。無職スキルがあることを世に知られたら、世界のパワーバランスが大きく崩れるのは間違いないからね。まぁ、あんたも秘密を打ち明けないといけない相手くらいいるだろうから、信頼できる子になら打ち明けても構わないよ」

コショマーレ様は俺の目を見て言った。ハルにはいつまでも黙っているわけにはいかない、そう思っていた俺の心を見透かしたのだろう。

「……わかりました」

もともと、この情報は広めるつもりはないし、女神様を敵に回すなど愚行だ。

「じゃあ、あんたに、ダンジョンのクリア報酬をあげる……準備するからちょっと待ってな」

「準備？」

「あぁ、スキルはランダムで選ばれる。ルーレット、くじびき、ダーツのどれがいい？」

「ええぇ？　スキルってそんなので選ぶんですか？」

もっと、こう、神聖なものじゃないの？　隠された力が開花する！　みたいな。

「そんな大業なものじゃないさ。昔は、ひとりひとりに合ったスキルやアイテムを考えていたんだけどね」

「どうしてこんなルールになったんですか？」

「トレールールが決めたんだ。いちいち考えるのも面倒だし、適当にしようってね」

あの子供女神様、人の人生をなんだと思っているんだ。

「ちなみに、ルーレットとくじびきは平均的なスキルがもらえる。ダーツはあまりお勧めできないよ。タワシの確率が高いしね」

「タワシ⁉」

用意されたダーツの的を見ると、真ん中に大きくタワシがあり、周囲にさまざまなスキル名やアイテム名がある。

静止していると思いきや、回転する仕かけのようだ。

あと、なぜか全部日本語で書かれている。俺のために書き換えてくれたのだろうか。

「どうだい？　特別に、どれがいいか選ばせてやるよ」

「ダーツは女神様が？」

「そうだよ。最近は上手くなってきてね、三回に二回はタワシ以外に当たるようになったよ」

三回に一回はタワシなのか。

「女神様のお勧めでいいです」

「優柔不断だね。じゃあ、ルーレットにしておいてやるよ。職業を剣士から狩人に変えておきな」

「え？」

どういうことだ？

俺がダーツを使うなら、狩人になるのも納得できるが、女神様がルーレットを回すなら、俺が狩人になる意味があるとは思えない。

「幸運値は狩人のほうが高いだろ？　幸運値はこういうところにも影響が出るからね」

あぁ、そういうことか。

狩人は確かに、ほかの職業よりも幸運値が高かった。

言われた通り、剣士を狩人に変更する。

そして、女神様は本場ラスベガスにありそうな立派なルーレットを出してきた。

ルーレットは黒と赤、そして二カ所が緑になっており、数字の代わりに黒にはスキル名が、赤にはアイテム名が、そして緑には〝タワシ〟と書かれている。

こっちもタワシなのか。はずれがタワシというのは、日本でもこっちでも変わらないようだ。

「じゃあ回すよ」

回るルーレット、放り込まれる玉……徐々に玉が落ちていく。

緊張するな。タワシ以外にも、ポーションや鉄の剣など、ハズレっぽいものはある。

どうせならスキルが欲しい。

……しばらくして、玉は転がり落ちていき、このままでは緑に落ちてしまう！

と思ったところで急速に落下、手前の黒いところに入った。

「よしっ！」

思わずガッツポーズ。そして、スキル名は……ん？

【称号：迷宮踏破者を取得した】

【クリア報酬スキル：共通言語把握を取得した】

共通言語把握……？

「共通言語把握だね。この世界の共通言語を読み書きできるようになるスキルだよ」

スキル説明を使って調べようとしたら、女神様が自ら教えてくれた。

「うわ、ご都合主義すぎるほど便利なスキルですね」

「本来ならハズレの部類なんだよ。努力したらスキルがなくても文字を書くくらいできるからね。

まぁ、識字率が悪いこの世界だと重宝がられることもあるよ。文字が書けるというだけで、できる仕事の種類も増えるしね」

「大事に使わせてもらいます」

「じゃあ、そろそろ行きな。もとの世界だと時間は一秒も経過していないから、そのつもりで。あと、南のベラスラの町には、トレールールの管理する迷宮があるよ」

ベラスラか。ダイジロウさんにもらった地図にも書いてあったな。

あの地図の縮尺が正確なら、歩けば数日かかる距離にある町だ。

「よかったら行ってみな。私にもう一度会いたければ、そのさらに南のゴマキ山の迷宮をクリアしたらいいよ」

「わかりました、ありがとうございました……あの、ひとつだけ伺いたいことがあるんですが、俺の妹は元気にしているかわかりますか？」

「妹？」

コショマーレ様は、しばし逡巡し、

「わかった。次に会うまでには調べておいてやるよ」

「ありがとうございます」

礼を言うと、俺の意識は再び闇に吸い込まれていった。

しまった、名前を正しくしてもらうことを忘れていた、そう思いながら。

◆◆◆

消える一之丞を見送ったコショマーレは逡巡した。

最初に彼に会ったとき、このままだと妹が転校してしまうと彼は言っていた。

心の中でも同じことを考えていたが、生き返ろうと必死な人は、嘘の設定を事実だと思い込むようにして語ることが多々ある。女神の力はウソ発見器じゃない、万能ではないのだ。

だから、一之丞が言っていることもそうなのだと、コショマーレは思い込んでしまっていた。なぜなら――

「……あの子に妹なんていないはずなんだけどね」

気のせいかもしれないが、これはすぐに調べないといけない。

そう思った彼女は、ほかの女神に招集をかけた。

◆◆◆

目を覚ますと――コショマーレの女神像があった。

本当に忠実に再現されている。

「ご主人様、おめでとうございます」

ハルが頭を下げた。

「え？　なにが？」

「アイテムが出現しないということは、スキルを修得なさったんですよね？」

あぁ、そういうことになるのか。

「一時期、十五人連続でタワシが当たるということもありまして、心配しておりました」

きっと、それはコショマーレ様が、ダーツの練習をなさっていたときのことだろう。

「うん、共通言語把握ってスキルをもらった。代筆や代読をしてもらう必要がなくなるから便利だな」

「そうですか。私の仕事が減ってしまいますね」

ハルの尻尾はなぜか少し残念そうだ。役立たずと思われるのが嫌なんだろうか。

最近、彼女の顔を見ずに尻尾を見ている自分がいる。

「いや、俺は言った通り異世界の人間だから、こっちの世界のことについては全然知らない。戦力としてもそうだけど、知識の面でもハルにはこれからも期待しているよ」

「はい、誠心誠意頑張ります」

彼女の尻尾が元気に揺れているのを見て、いまの言葉が正解なのだと確信した。

そして、俺たちがボス部屋を出ると、ボス部屋の扉が閉じられた。

「じゃあ、帰るか……帰り道にも敵の一匹や二匹は出るだろうし」

拳闘士のレベルアップをしたいから、敵を見つけたら倒したい。

忘れないうちに、狩人を再び剣士に戻し、階段を上がっていった。


迷宮を出たときにはすでに夜だった。門番は、昨日の男でもノルンさんでもない知らないオッサンだったので、会釈だけして通過。

迷宮の中で出くわしたのは、ネズミ程度の大きさの蜘蛛のスモールスパイダー三匹、レッドスライム一匹、ジャイアントバット三匹、ゴブリン二匹だった。

ジャイアントバットとスモールスパイダー一匹はハルが倒し、残りは俺が倒した。

結果、拳闘士はレベル5まで上がり、【拳攻撃】のスキルと、【物攻強化（微）】のスキルを手に入れた。

無職レベルは1だけ上がって56、見習い魔術師はレベル14、剣士はレベル13まで上がったが、スキルは覚えなかった。

明らかに成長度が下がっている。上位職だからというのもあるだろうが、見習い魔術師はどうもレベルが上がりにくい。

「遅くなったなぁ。マーガレットさんのところに戻るか」

夕食はあるかな。いちおう作ってくれるとは言っていたから、なにも買って帰らなくてもいいか。

「夜の七時くらいですから、ちょうど店じまいの時間ですね」

「時間がわかるのか？」

「日中は太陽の位置で、夜は月や星の位置でだいたいはわかります」

「凄いな」

俺は、大通りにもまだ人がそれなりにいるから、深夜ではないということくらいしか、わからなかった。

歩いてマーガレットさんの店に向かうと、本当にちょうど店じまいをしているところだった。

「マーガレットさん、ただいま」

「あら、イチ君、ハルちゃん……ふふふ、その様子だとうまくいったのね」

「はい、ちょっと迷宮に潜ってきました」

「え……そのカッコウで行ったの？　イチ君はいいけど、ハルちゃん、普段着じゃない」

マーガレットさんが驚いたように言う。

うん、俺も鎧とか買おうか？　って言ったんだけど、動きにくいからこのままのほうがいいって言われたんだよ。

「このほうが動きやすいので」

「ダメよ、女の子なんだから、私みたいに仕事用の服と普段着とは、きっちり変えておかないと」

……マーガレットさん、普段着と仕事着別だっけ？　興味ないから全然気付かなかった。

いまはショートパンツにシャツだけれど、普段はフリルのスカート……ダメだ、思い出したらダメだ。気分が悪くなる。

そうか、無意識に見ないようにしていたのか。

「イチ君、ここは男の甲斐性を見せるところじゃないかしら？」

「……はい、えっと、百センス程度でハルの戦闘用の服を――」

「戦闘用の服なら、もう少し値段が高いわよ」

「じゃあ、千センスまでならいいです。お願いします」

「はい、ありがとうね、イチ君……ふふふ、ハルちゃん、あなたにピッタリの服を見繕ってあげるわ」

「あの、私は別にこのままで構わないのですが――あの……」

ハルはマーガレットさんに引きずられて店内に入っていった。

うん、あぁなったらマーガレットさんを止めることはできない。

俺も店の中に入り、試着室の中の声に聞き耳を立てたい心境になりながらも、さらに奥に。

ダイニングキッチンに行くと、ノルンさんが料理の配膳をしていた。

「お帰りなさい、お兄さん。ハルさんを買うことができたのね」

「ただいま、ノルンさん。うん、お陰様で」

俺も手伝おうか？　と聞いたら、ノルンさんは首を横に振って、

「今日は非番扱いになって暇だったから、これくらいさせて」

と言った。

なので、俺はとりあえず井戸で桶に水を汲み、それを持って部屋に戻り、鎧を脱いだ。

サイズもぴったりだし、軽いので着ているときは邪魔ではないが、やっぱり脱ぐと解放感があるな。

シャツも脱ぎ、桶の水で布を濡らしてから絞り、汗を拭う。気持ちいいんだが、なにか物足りない。

やっぱりシャワーが欲しいな。井戸水で水浴びをするか。いや、この時期だと寒いしな。

くしゃみが出そうになったのに出ない切なさを噛み締めながら、新しいシャツを着て鎧の手入れをする。

ダメージはほとんど受けていないが、前の持ち主のときからあるのだろう、細かい傷がある。鋼鉄の剣を残してくれた、マーガレットさんの元相棒さんへのお礼にと、丁寧に鎧を磨いていると、階下から食事ができたというノルンさんの声が聞こえてきた。

下りるとすでにマーガレットさんとハルが席に着いていて、ノルンさんがハルの横にある俺の席

に料理を置いた。

マーガレットさんに服の代金を聞くと、七百センスだと言ったが、ハルに本当の値段を言うようにいうと、七百五十センスでしたと答えたので、八百センス支払った。

マーガレットさんは多すぎると言ったが、俺が無理に受け取ってもらった。差額は昨日の夕食代と下宿代だ。

そして、俺も席に着く。今日は焼き魚と芋のソテーだ。

ナイフとフォークが置いてあり、真ん中にはバターの入った瓶がある。

「では、食べましょうか」

マーガレットさんの声で、俺たちは食事を始めた。

バターは芋に塗るために用意されているらしく、俺もノルンさんやマーガレットさんに倣って、バターナイフで芋にバターをつけて食べた。

バターはそこそこ高級な食材らしく、ハルは最初は遠慮していたが、マーガレットさんの勧めで雀の涙ほどではあるが、バターを掬い、芋に塗って食べていた。

「そういえば、お兄さんはいつまでこの町にいるの？」

食事を食べ終えてノルンさんが尋ねた。

「んー、そろそろ南のベラスラの町に向かおうと思っています」

トレールールに会うように、暗に勧められた気がするからな。

「ベラスラなら、明日の夕方に乗合馬車が出て、次は一週間後ね。歩いても行けるけど、三日ほどかかるわよ」

「……え、そうなんだ。じゃあ明日出ることになるかもしれません……ハル、構わないか？」

「はい、ご主人様が進む道が、私の進む道ですから」

くぅ、いいことを言ってくれる。

「そうなの……寂しくなるわね。いつでも戻ってきていいのよ。あと、お弁当を作っておくから、馬車に届けるわ」

「ありがとうございます」

こうして、俺にとってフロアランス最後の夜が更けていく。いや、最後じゃない、また絶対に遊びにこよう。そう誓った。

その前に、この町でしないといけないことがひとつ残っているが。

部屋に戻り、ベッドに横になって天井を見上げる。ランプは消しているので、窓からの月明かりのみが光源となっているが、それでもそこそこ明るい。

しばらくしていると、扉がノックされた。

「……ご主人様、もうお休みですか？」

ハルだ。俺がまだ起きていることを告げると、彼女は扉を開けて入ってきた。

月明りに照らされる白色の髪が、とても美しくて幻想的だ。

「……あの、ご主人様……迷宮のボス部屋の前でのことなんですが」

「あ……あぁ」

「お腹を触ってもらったところから意識を失ってしまっていて……その、続きを……続きをここでしていただきたいんですが」

「つ、続き？」

ハルは艶めかしい声で言った。

「忠義の誓い……です……あの、お腹を……撫でてください。ご主人様が望まれるのでしたら、その続きも……」

「続き……って？」

もしかして、そういうことなんですか？

「男女の契りを……白狼族は満月の夜にしか子を身籠もりませんから、今日なら問題はありません」

……いいんですか？

え？

俺、ＤＴ卒業？

第四話　中級迷宮のボーナスタイム

あっという間に朝が来た。朝が来たといったら朝が来た。

俺とハルはふたり揃って素振りで汗を流して、布で汗を拭き、ダイニングキッチンに向かった。

すでに朝食の準備はできており、四人揃って、パンと牛乳の朝食を取ることになった。

なったのだが――体を動かしていないと、昨夜のことを思い出して恥ずかしくなる。

だって、仕方ないじゃないか。大人の階段を初めて上ったわけだし、うん。思っているように上手くなんてできない。

ハルも同様に、視線を少し下に向けている。

そして、一番恥ずかしそうにしていたのはノルンさんで、なぜかマーガレットさんはニヤニヤ笑って食事をしていた。

「ねぇ、イチ君。うちの下宿ってね、壁がかなり薄いのよ」

マーガレットさんの一言で、俺はすべてを察した。

全部聞かれていた……マーガレットさんにも、ノルンさんにも。

うわ、恥ずかしい……。今度からは時と場所に気を付けないといけないな。

「あんまり女の子に恥をかかせちゃダメよん。もしよかったら、私がイチ君の出発の時間まで手取足取り――」

「間に合ってますっ！」

お願いだ、色目を使わないで。そっちに目覚めたくない。

俺が困っていると、ノルンさんが助け舟を出してくれた。

「そうですよ、マーガレットさん、お兄さんにはもうハルワタートさんっていう恋人がいるんですから。いないなら私だって……」

ノルンさんはぶつぶつと呟きながら、牛乳を飲みはじめた。

恥ずかしいけれど、本当に楽しい食卓だった。

「それで、イチ君、これからどうするの？」

「とりあえず、午前中は中級迷宮に潜って、昼食のあと、冒険者ギルドに行って、アイテムを売却して路銀にしようと思います」

「冒険者ギルドにね……あまり無茶なことは、しちゃダメよ」

「……はい」

笑顔で窘《たしな》めるマーガレットさんに、俺は苦笑して頷いた。

最後までマーガレットさんには、かなう気がしなかった。

たとえ成長チートで強くなっても、もしも魔王を倒すような力を身に付けたとしても、きっと頭が上がらないって相手は、これから先もたくさん現れるんだろうな。実際、ひとり日本に残すことになったミリには、頭が下がりっぱなしだ。

そして、そういう人たちとの出会いが、俺を本当の意味で成長させてくれるのだと思う。

「じゃあ、昨日の洗濯物とお弁当は、馬車の出発時間になったら届けにいくわね」

「最後までお世話をおかけします」

「いいのよ。私にできるのは、このくらいなんだし」

マーガレットさんは俺にウインクすると、なにか準備があるといって去っていった。

今日は店は臨時休業にするそうだ。

俺たちも後片付けをして、中級者向けの迷宮に向かうことにした。

ハルも自分の部屋で戦闘着に着替えている。

五分後、着替え終わったハルが俺の部屋に入ってきた。

「どうでしょうか?」

どうでしょうか? と聞かれて、俺はハルの服を見る。白いスカートとシャツなのは変わらないが、膝のあたりまであったスカートが短くなり、その代わり靴下が長くなっている。特別な生地で仕立てられていて、破れにくいものらしい。さらに青い上着を羽織っている。

「とても似合っているよ」

お世辞ではなく、心から思ったことを言った。

「ありがとうございます」

「ただ、これだけ短いと……その、下着とか見えそうだな」

ミニスカートだ。この世界で見るのは初めてで、激しく動く彼女にはあまり向いていないように思える。

「大丈夫ですよ、中にブルマをはいていますから」

そう言って、ハルがスカートをたくし上げた。

えぇぇ、実物見るの初めてなんだけど……って、なんでこの世界にブルマがあるの？

そう尋ねたら、なんでもこの世界に来た迷い人が趣味で作ったものらしく、いまでは世界中の服屋に置いてあるという。

やりたい放題だな、日本人。

でも、スカートをたくし上げて見えるブルマって、なんだろう、ロマンを感じるな。テニスのアンダースコートと同じような感じで。

紺色のブルマを見て、俺は合掌した。

「……ごちそうさまでした」

「……ありがとうございます」

お礼を言い合う俺とハル。

いいコンビだと、我ながら思った。

そして、俺たちはフロアランスの中級迷宮に向かった。

「意外と混んでいるんだな」

遊園地のアトラクションの順番待ちみたいに並んでいる。

遊園地と違うところがあるとすれば、子供はまったく並んでおらず、ごつい男が多いところだろう。

これは入るまで時間がかかりそうだと思ったら、

「そうですね。三年目以降の冒険者なら中級迷宮から入ります。まぁ、ボス部屋まで行ける冒険者は一割もいませんが。奥も深いですし、転移陣もありますから、ターゲットを選ばなければ魔物に困ることはありません。私は中級迷宮の二十二階層まで行ったことがありますから、五階層、十階層、十五階層、二十階層の転移陣を使えます」

と、ハルが説明してくれた。

「転移陣があるのか」

たぶん、ワープゲートみたいに、一瞬でほかの場所に移動できるものだと思う。さすがは異世界だな。

ということは、この行列は転移陣の順番待ちなんだろう。これだと中に入るまで一時間はかかりそうだ。

そう思ったら、

「おおい、初心者《ルーキー》！　こっちだ！　こっち！」

「一緒に行きましょ！」

前のほうから声がかけられた。

三度目となる赤い髪の男と青い髪の女。……ジョフレとエリーズだ。

あいつら、もう釈放されたのか。

「お言葉に甘えましょうか」

ハルが俺にそう提案してきた。

なんでも、パーティの誰かが順番取りをしたり、また先に並んでいる少人数のパーティに声をかけて一緒に迷宮に潜ったりすることはよくあるそうだ。

というのも、転移陣は同じ場所に六人まで一緒に行けるためだという。

ずらぁっと並んでいる行列を見て、俺はげんなりとした口調で言った。

「確かに、これに並び続けるよりは楽だな……」

俺はふたりのところに行くことにした。

「じゃあ、世話になるよ」

俺たちが割って入った形になったが、ハルの言う通り、パーティの誰かが順番を取るのはよくあることらしく、後ろにいた人たちは嫌な顔はしていなかった。

「気にすんなって。困ったときはお互い様、右の頬を殴られたら右の頬を殴り返せって言うだろ」

ジョフレが笑いながら言った。

「……いや、知らない……そんな言葉あるか？」

どことなくイエス・キリストの言葉に似ている気がするが。

「私も知りません」

ハルは首を横に振った。

うん、やっぱりないよな。前後の文章、まったく違う意味だし。

「旅は道連れ、地獄までってことよね、ジョフレ」

エリーズがジョフレに続き、変な慣用句を言った。

嫌だよ、そんな旅。なんで死ぬこと前提の旅なんだよ。死ぬならお前らふたりで死ね。

「てか、お前ら、俺のことを恨んでないのか？　いちおう、お前たちのボスを倒したんだけど」

「ん？　あぁ、気にするな！　友達だろ！　それにお前、強いしな」

「そうそう、気にしたら負けよ！　強い人と一緒だと得だしね！」

……こいつら、バカなのに、長いものには巻かれるタイプか。

まぁ、嘘は絶対につけないタイプだし、列に並ぶのも面倒だから、四人で行かしてもらおう。

「で、どこに行くんだ？　言っておくが、俺、昼過ぎまでに戻らないといけないんだけど」

「あぁ、それなら余裕だよ。九十五階層に飛んで、百階層のボス部屋まで行くだけだから」

…………は？

中級迷宮九十五階層？

ボス部屋？

なに言ってるんだ、こいつら？

「ハル、そこそこ弱い冒険者《こいつら》でも九十五階層に行けるものなのか？」

俺がハルに尋ねると、

「おいおい、弱いはないだろ、俺はこれでも一流の剣士だぞ！」

「私は一流の魔物使いよ」

「合わせて二流だ！」

と、なぜか合わせて弱くなってしまっている見習い剣士と鞭使いが文句を言った。そんなふたりを捨て置き、俺はハルの答えを待つ。

「おそらく、寄生登録でしょう」

ハルの予想では、九十五階層まで到達しているほかの冒険者とともに九十五階層まで転移して町に戻った。そうすることで、九十五階層までクリアしたことになるんだという。

実際、引退した冒険者の中には、迷宮の寄生登録で小銭を稼いでいる人もいるらしい。

転移陣のある迷宮がある町ではよくあることなのだとか。

「百階層のボスか。俺たちでも倒せると思うか？」

「五分五分、危険な賭けだと思います。もしかしたらおふたりのどちらか、下手をしたら両方死ぬことになるでしょう」

と、ハルはジョフレとエリーズを見て言う。

あぁ、つまりは俺たちなら平気だけど、このふたりのことは面倒見切れないってことか。

ふたりはその答えを聞いて、

「うん、冒険者は身の丈に合った場所に行くほうがいいな」

「そうね、ジョフレはここで死んではいけない人よ」

と臆病風に吹かれていた。

俺も、そんな賭けをするメリットは少ないな。

「ということで、無理だ。経験値を稼ぎやすい場所にしてくれ。何匹かのラストアタックは譲るから」

「いや、ラストアタックはいらない！」

ジョフレは堂々と宣言した。

「だって、私たちの強さだと、瀕死の魔物にもやられるから！」

合わせて二流のふたりは、自分たちの実力をよくわかっているようだ。

列が少し前に進んだので、俺たちも一緒に前に進む。

「そうだな、俺たちを暫定パーティにしてくれ」

「昨日の敵は今日の友ってこと。今日の友は明日になったら敵ね」

エリーズの言っていることは無視しよう。敵になった覚えもないし、友になる予定もない。

それより、暫定パーティ？

初めて聞く用語に首を傾げる。

「もしかして、仲良しリングを持っているのですか？」

「……仲良しリング？」

なんか、とても平和そうな名前の指輪だが。

今度は初めて聞く固有名詞だ。

ジョフレがポケットから金色の指輪をふたつ取り出す。

「ふたつのパーティのリーダーがそれぞれ指輪をはめることで、ふたつのパーティの合計人数が六人以下の場合、同じパーティ扱いにするという魔道具です。ダイジロウ様が開発なさった指輪で、とても貴重なものなのですが」

ここでもダイジロウさんか。さすがだな。

ていうか、なんでそんな貴重な指輪をこいつが持っているんだ？

「おう、そのダイジロウって人にもらったんだ。十二年前だったかな、この町の中を案内してやったお礼にな。俺も当時はまだまだガキだったがよ」

「あの頃から、ジョフレは格好よかったわよね」

「そういうエリーズも、最高にプリチーだったぜ」

「もう、ジョフレったら」

「ははは、照れやがって、こいつ」

「――スラッシュ！」

ＤＴを卒業したとはいえ、目の前でイチャイチャされると腹が立つのは変わらないらしい。

イライラが限界になり、俺は思わず手刀で、スラッシュをふたりの足元の間に打ち込んでいた。

ふたりは怒るが、周りからは拍手が巻き起こる。

「ま、いいか。ひとつ指輪を預かるぞ」

「おう。大事なものだから、なくさないでくれよ」

「わかっているよ」

俺は指輪を受け取ると、ハルの指にはめようとして――

「こういう場合、どの指にはめたらいいんだ？」

「仲良しリングでしたら、左手の小指にはめればいいと思います。ダイジロウ様が作られた装備品ですから、サイズを調整する魔法がかかっています。そのため、誰の指でもぴったり合いますよ」

サイズ調整の魔法って、そんな便利なものがあるのか。

それにしても、左手の薬指じゃなくてよかった。ハルとジョフレがペアリングを左手の薬指に着け合うなんて、絶対に嫌だもんな。

ハルの左手の小指に指輪をはめて、俺たちは迷宮の入口へと入っていった。

迷宮の入口には、地下に続く階段と光る転移陣があった。

「では、しばらくお待ちください」

約一分間待たされる。その間に、何組かの冒険者が転移陣から出てきた。

転移陣は誰かが使っている間は使えない仕組みになっていて、迷宮から出る人が優先だそうだ。

そして一分後、俺たちの番が回ってきて、ジョフレが一センスを支払い、四人で転移陣に入り五十五階層に転移した。有料だったのか。

転移陣に入ると一瞬のうちに景色が変わる。緑の壁にうっすら光る天井。

迷宮の中だ。本当に転移したんだな。

早く転移陣から出ないと元の場所に戻ってしまうと言われたので、すぐに出た。

んー、魔物の気配はないな。

「五十六階層にフィッシュリザードっていう魔物が異常発生しているらしいから、そこに行こうか」

フィッシュリザードは魚ではなくトカゲの魔物であり、落とす肉が魚肉の味がするからフィッシュリザードと呼ばれているらしい。中級の冒険者がよく倒すんだとか。

「へぇ、ジョフレ、よく知ってるな」

少しだけ見直した。

てっきり、行き当たりばったりで動いている奴らだと思っていたが。

「あぁ、冒険者ギルドから駆除依頼が来てな。フィッシュリザードって単体だとFランクの雑魚なんだが、群れになると凶暴性が増してDランクになるんだよ。依頼を受けてきたぞ」

「待て、受けた依頼を俺に手伝わせるつもりだったのか？」

自分たちでは倒せないって言ってたし。

さすがは小悪党、なんて奴だ。

「いや、初心者《ルーキー》とは本気でボスを倒しにいくつもりだったぜ？　フィッシュリザード退治のことはすっかり忘れていたからな」

「ええ、忘れていたわ」

やっぱり馬鹿だろ、こいつら。

てか、こいつらによくギルドが依頼を受けさせたな。

俺の思っていることを察したのか、ハルが説明してくれた。

「討伐依頼は、冒険者ギルドのメンバーでしたら誰でも受けることができますし、違約金も発生しません」

「そうなのか……」

「まぁ、俺たちは討伐報告アイテムのフィッシュリザードの鱗さえもらえたらいいから、肉と魔石は自由にしてくれて構わないぞ」

ジョフレは赤い髪の先をいじりながら言った。

なんか、こいつらに利用されているだけな気がする。

でも、あのまま並んでいたら、確実にあと一時間は迷宮に入れなかっただろうし。

「……ま、いいか」

俺はそう呟き、五十六階層に向かった。

五十五階層ではどういうわけか、魔物を一匹も見かけない。こんなことは珍しいとハルが言った。

五十六階層に通じる階段を見つけ、俺は下りていく。

そして、そこで見たものは――無数のトカゲ、そして巨大なトカゲに、着ている鎧ごと呑み込まれていく冒険者の姿だった。

悲鳴を上げて泣きながら、腕をこちらに伸ばしてくる冒険者の姿が目に焼きつく。

だが、彼を助けにいくには、ここからだと遠すぎた。

「嘘……だろ？」

呑み込まれていく冒険者を見て、俺は一歩も動けなかった。

中級迷宮五十六階層――そこはトカゲの巣窟になっていたからだ。

スラッシュを打ち込めば……いや、そんなことをしたら、たとえ倒せたとしても中にいる冒険者まで傷付いてしまう。それに、スラッシュの一撃で倒せるとは到底思えなかった。

インド象くらいの大きさの巨大トカゲと俺たちの間には、狼程度の大きさのトカゲがうようよいる。

「こいつはやばいな、エリーズ」

「やばいわね、ジョフレ」

ジョフレとエリーズが固唾を飲んで、去っていく巨大トカゲを見ていた。

あぁ、やばい。

「食事中に押しかけるのはマナー違反だったよな」

「ぎりぎり食事中だったわよね」

そういう問題じゃない。そう言おうとしたが、

「……とか冗談を言っている余裕はなさそうだな」

「……とか冗談を言っている余裕はないわね」

さすがに人が死んでいくのを見ているだけあって、ジョフレとエリーズも緊張しているようだ。

残りのトカゲは全部、巨大トカゲのほうを見ていた。こいつらが一斉にこちらに襲いかかってきたらと思うと、寒気しかしない。

巨大トカゲは冒険者の男を呑み込むと、俺たちのいるほうとは反対の方向に去っていった。

そして、その巨大トカゲを見送った残りのトカゲは、一斉にこちらを見た。

やばい、本能的にそう思った。

「ご主人様！　炎の魔法を使ってください！　トカゲは炎と氷——温度の変化が苦手です」

「わ、わかった！　プチファイヤ！」

俺の手のひらから生み出された炎の弾がトカゲに衝突すると、トカゲは弾け飛び、魔石と肉、鱗を残した。

炎は土の床の上をくすぶっており、確かにトカゲは炎には近付こうとしない。

「スラッシュ！　一度五十五階層に戻るぞ！　お前らもだ！」

「スラッシュ！　はい！」

俺とハルはスラッシュで相手を牽制しながら、逃げる準備をした。

「おう、かつて逃げ足チャンピオンと呼ばれた俺の実力、しかと見届けろ！」

「なら、私は敗走の韋駄天と呼ばれた実力を見せるわ！」

こいつらも逃げる気満々だったようだ。そのふたつ名は絶対にいらないけど、ふたりにはぴったりだと思う。

幸い、魔物は別階層までは追ってこないというのが常識らしく、五十五階層に到着し、俺たちは一息ついた。


【イチノジョウのレベルが上がった】


戦闘が終わったことで経験値が入ったようだ。

ジョフレとエリーズにも経験値が入っているだろうが、フィッシュリザード二匹倒したところで、四十四分の経験値の半分を四人で分けているようなものだから、ひとり頭五匹分の経験値だ。そう簡単にはレベルは上がらないだろう。ハルが倒した一匹分でも、ふたりに入るのは十分の一匹分くらいだし。

「お、エリーズ、レベルが上がったよ」

「私もレベルが上がったわ、ついてるわね」

……結構簡単にレベルが上がったようだ。

まぁ、レベルが1上がったくらいなら偶然だと思うか。

「にしても、あのでかいトカゲはなんだ？　冒険者が食われていたが……」

「変異種でしょう。色と大きさが異なるレア種のなかでも特別のものです。強くなり、かつ繁殖力が増し、魔物の大発生にも繋がります。発見報告があり次第、冒険者ギルドとしては特A級として討伐命令が出ます……事態が発生したばかりだといいんですが、あれだけの数となると……」

ハルが続きを言おうとした、そのときだった。

階段から気配が上がってきた。フィッシュリザードの群れだ。四匹、階段を上って五十五階層に来やがった。

「繁殖から時間が経つと、階層の魔力が薄くなり、魔物は魔力の豊富なほかの階層、もしくは地上にあふれ出ます。このまま五十五階層に来られたら、転移陣を使って地上に出てしまう恐れも！」

「聞いたか、エリーズ、ジョフレ。ふたりはギルドに行って、いまのことを報告してきてくれ！ここは俺たちが食い止めている。逃げ足チャンピオンと敗走の韋駄天の実力、見せてくれよ」

俺が不敵に笑うと、ふたりはにっと笑いを返し、

「わかった、任せておけ、初心者《ルーキー》！」

「死んだらそこにお墓作ってあげるから！」

そう言い残して、もと来た道を走っていった。

最後まで不吉なことを言いやがる。

「ハル、仲良しリングを外しておいてくれ。ここからが、成長の時間だ！」

剣をアイテムバッグにしまう。

拳闘士は、素手で獲物を倒すとボーナスとして経験値が上がると、マーガレットさんに聞いていた。

なので、試させてもらうぜ。

俺は地を蹴り、トカゲの脳天に掌打を加えた。それでトカゲは地に沈む。

次に、俺は両腕をクロスにし、スラッシュ！　と叫んだ。二本の剣を扱うことはできないが、二本の腕は生まれたときから扱っているんだ。

ハルが俺に見せてくれた二刀流のスラッシュを、手刀で再現してみせた。

「ハル、そっちに——いや、大丈夫か」

こんなトカゲ、ハルの敵じゃない。

振り向いたときにはトカゲはVの字に切り裂かれ、魔石と鱗に変わっていた。

【イチノジョウのレベルが上がった】

【見習い魔術師スキル：風魔法を取得した】

【拳闘士スキル：物防強化（微）を取得した】

よし、風魔法も覚えたし、防御力も上がった。

「ハル、しばらくはヒットアンドアウェイ作戦でいく。五十六階層に行って敵を倒し、経験値を稼いで撤退を繰り返すぞ。巨大トカゲが出てきたら迷わず退散だ」

「はい、ご主人様！」

俺は階段を下りて牽制に、

「プチファイヤ！」

炎の魔法を放つ。再使用時間まで十秒、その間に拳でトカゲを倒し続けていく。

ハルは一匹に一撃、ないしは二撃を打ち込んでは倒し、俺は確実に一撃で仕留めていく。十秒経過と同時に、プチファイヤで攻撃。

アイテムを回収している暇がないくらい殴り続けたとき、前方から巨大なそれが歩いてきた。

でかいトカゲだ！

「プチファイヤ！　逃げるぞ！」

「はい、ご主人様！」

あの図体なら、この階段は上ってこれまい！

俺たちが階段を上り終えたとき、それは起こった。

【イチノジョウのレベルが上がった】

【無職スキル：第四職業解放が第五職業解放にスキルアップした】

【無職スキル：職業鑑定が職業鑑定Ⅱにスキルアップした】

【剣士スキル：回転斬りが回転斬りⅡにスキルアップした】
【見習い魔術師スキル：土魔法を取得した】
【職業：魔術師が解放された】
【拳闘士スキル：ＨＰ強化（微）を取得した】
【自動的に第五職業を平民ＬＶ１５に設定しました】

「はっ」

俺は笑った。いま、何匹トカゲを倒した？

六十匹？　いや、八十匹は倒した。

ということは、ハルに渡った経験値を除き、二万四千匹分倒したのと同じ成長をしたことになる。

そりゃ凄いわ。五分で一匹倒しても十二万分間……つまり二千時間かかる作業をしたんだから。

普通は魔物を探すのに時間がかかるからな。

無職が６０に、剣士が１７に、見習い魔術師が２０に、拳闘士が１４にレベルアップしていた。

と同時に第五職業も解放された。平民を行商人に変更し、見習い魔術師は魔術師に変更しておいた。

さて、これでどうするか。

「ハルもレベルが上がったのか？」

「はい、獣剣士レベルが６になり、嗅覚強化を修得いたしました。あと、やはり獣剣士のステータスの伸びはとてもいいですね。平均的なステータスは剣士だった頃にかなり近付いていますし、速度は剣士のときの倍はあります。いまなら、昨日倒した山賊程度の攻撃はすべて躱し切る自信があります」

嗅覚強化か。ただでさえ警察犬並みの鼻を持っているのに、さらに嗅覚が強化されたのだとしたら、かなり凄いな。

しかも、速度がさらに上がっているって。

彼女に攻撃を当てることができる人間はいるのだろうか？

「ハル、まだ戦えるか？」

「はい、余裕です」

ハルの尻尾も元気に揺れている。本当に余裕そうだ。

「そうか……いまならあのデカブツを倒せそうだな」

俺はそう言って、ほくそ笑んだ。

再度五十六階層に下りた俺たち。

そこでは、先ほど倒したトカゲを埋め尽くすほどの大量のフィッシュリザード、そして巨大トカゲが待ち構えていた。

「まずは、先制攻撃、スラッシュ！」

俺の手刀ダブル攻撃によるスラッシュが二匹の敵を倒した。俺は次に、前々から考えていた裏技を実行してみる。

「プチファイヤ！」

刹那――生み出されたのは通常の倍の大きさはあろうかという火の玉だった。

あんなのプチじゃねぇよ！　という威力のプチファイヤが、五匹のフィッシュリザードを呑み込む。

「ご主人様、いまの魔法は⁉」

「気にするな！　戦いに集中しろ！」

今度はもうひとつの手段、さらに再度あれをして、アイテムバッグから剣を取り出し、トカゲの中心に飛び込む。

「回転斬り！」

スキルアップした回転斬りは効果範囲が広くなったようで、一度に二十匹のトカゲを薙ぎ払った。

こちらもやはり威力が大幅に増している。

よし、成功だ。

俺がいまやったことは、魔法を使うときは咄嗟に見習い魔術師と魔術師を、剣を使うときは見習い剣士と剣士を、という具合に職業を付け替えていた。

瞬間的に職業を変える訓練はちょくちょく行っていたんだが、実戦初投入で想像以上の威力を発揮した。

そして、俺は剣士向き職業（無職・剣士・見習い剣士・拳闘士・狩人）に切り替え、巨大トカゲに斬りかかる。

が、トカゲの舌が俺を寄せつけまいと応戦。

足元にもトカゲが集まってきた。

だが、そろそろいけるか。

「スラッシュ！」

俺の剣による攻撃が――巨大なトカゲの尻尾を斬り落とした。

くそっ、狙いが外れた。巨大な尻尾は暴れるように大きく跳ね、動きを止めた。

そして、巨大トカゲから、再度尻尾が生えてくる。

再生が早いな。

怒り狂った巨大トカゲは口を大きく開け、仲間を踏みつけようがお構いなしに突撃してきた。

……バカな奴だ。逃げれば命拾いできたかもしれないのに。

俺は咄嗟に職業を魔術師向き職業（無職・平民・見習い魔術師・魔術師・見習い錬金術師）に変更し、笑った。

「プチファイヤ！」

明らかにプチの威力を大幅に超えた火炎球が、巨大トカゲの口の中に入っていき、爆発を起こした。

飛び散る肉片――そして、残ったフィッシュリザードは一斉に逃げ出した。

俺は追いかけようとしたが、蜘蛛の子を散らすように逃げたので、これは諦めたほうがいいか。

くそっ、もう少し雑魚を倒してからボスを倒せばよかった、と後悔する。

そして、残ったのは巨大なトカゲの鱗、巨大な肉、そして三枚のレアメダル――あと大量の経験値だった。

【イチノジョウのレベルが上がった】

【平民スキル：投石が投擲にスキルアップした】

【職業：遊び人が解放された】

【見習い魔術師スキル：雷魔法を取得した】

【魔術師スキル：杖装備が杖装備Ⅱにスキルアップした】

【魔術師スキル：魔力ブーストを取得した】

【魔術師スキル：火魔法が火魔法Ⅱにスキルアップした】

【見習い錬金術師スキル：錬金術を取得した】

【錬金術：レシピを２０種類取得した】

【見習い錬金術師スキル：鉱石鑑定を取得した】

【拳闘士スキル：速度上昇（微）を取得した】

【狩人スキル：命中補正（微）を取得した】

【行商人スキル：鉱物鑑定が食品・鉱物鑑定にスキルアップした】

うぉ、頭がパンクしそうになる。

ステータスでスキルを見るときにかなり邪魔になるな。

だが、

【称号：スキルマニアを取得した】

【称号スキル：スキル整理を取得した】

スキル整理：その他スキル【称号スキル】
ステータス画面のスキルを別画面に移すことができる。
別画面のスキルは他人からは見えなくなる。

うわ、なんか便利なものがきたな。

整理できるだけじゃなく、他人からスキルを見られることがなくなるってことか。これ、第五職業設定などの、見られたら困るスキルを隠すのにも便利じゃないか。

仮に他人のスキルを見られるスキルを手に入れたとき、実力とスキルとが一致しない相手がいたら、気を付けないといけない。そんなスキルがあるかどうかは知らないが。

そういう人物は俺と同じスキル整理のスキルを持っているということになる。

とりあえず、スキルは全部別枠に移して、整理はまた今度にしよう。

「おおい！　初心者《ルーキー》！　無事かぁ！」

階段の上から、ちょうどジョフレの声が聞こえてきた。

助けを呼んできたのか。もう必要ないのに。

そう思ったら、

「悪い、道に迷ったんだ！」

「お願い！　転移陣まで案内して！」

とバカなことを言ってきた。

ふたりのそんな大声に、俺とハルは顔を見合わせて笑った。


ジョフレとエリーズは落ちている鱗を集め、俺たちは魔石と肉を集めた。

幸運値のお陰か、俺が倒したフィッシュリザードの魔石のほうが、ハルが倒したフィッシュリザードのよりも大きい。

ハルが倒したフィッシュリザードの魔石が碁石程度だとすれば、俺が倒したほうの魔石はピンポン玉くらいの大きさがある。

そして、ボストカゲが落とした魔石は、バスケットボールくらいの大きさだった。

大きければ大きいほど純度が高い魔石だということで、これはかなり高く売れるだろう。

「凄いんだなぁ、初心者《ルーキー》……あぁ、これだけフィッシュリザードを狩れるのなら初心者《ルーキー》って変か」

「じゃあ、初心者《ルーキー》の逆、ルーキー《初心者》ってどうかしら？」

「いいな、それ！　ルーキー《初心者》」

……いや、おかしいだろ。いろんな意味で。

「おかしいといえば、冒険者ギルドの掲示板にフィッシュリザード討伐の依頼が貼られていたんだから、俺たち以外に冒険者が来てもおかしくないだろ？　結局、ボストカゲに食べられた冒険者だけしかいなかったのはどうしてなんだ？」

ボストカゲを倒しても、食べられた冒険者の遺体はなかった。

すでに完全に消化されていたのだろう。

「この町って冒険者が少ないのか？」

いまも誰も来ないし。

でも、この町は迷宮の町という名前だから、冒険者はそこそこ多いと聞いたはずだ。

「あぁ、それは俺がほかの人に依頼を横取りされないように、依頼書を剥がして持ってきたからさ！」

「さすがジョフレ！　智将ね！　天才！」

ジョフレが依頼書を掲げ、エリーズが拍手喝采する。

相変わらずのバカップルぶりだ。

はしゃぐふたりに、ハルが声をかけた。

「あの、討伐依頼の依頼書を無断で剥がすと、罰金を支払わないといけませんよ」

「え？　そうなのか？」

ハルの言葉に、ジョフレの顔色が真っ青になる。

本当になにも考えていないようだ。

確かに、掲示板で多くの人に求める依頼をひとりが独占したら、依頼主の不利益にも繋がる。罰金は当然の処罰だろう。

「まぁ、これだけ鱗を拾ったんだ。赤字になることはないだろ。ボストカゲの鱗もあるし」

「おう、そうだな！」

いま泣いたカラスがもう笑った、と言うべきか。子供のように表情をコロコロ変えるジョフレを見て、こいつらとももうお別れかと思うと、なんだろう、感慨深い気持ちになるな。

最初の出会いは最悪だったけれど、まぁ、いろいろと助けられもした……かな。

一緒に冒険した記念に、ボストカゲが落とした肉も半分分けてやった。

こうして、俺たちは地上へと戻っていった。

残すミッションはあとひとつだ。

冒険者ギルドの中は、いつも通り多くの冒険者で賑わっていた。情報交換もあるが、冒険者たちのなかには酒を飲んでいる者もいる。店の前の酒屋から酒を買ってきて飲んでいるんだそうだ。酒場が開くのは夕方で、ひとりで飲むのが寂しい冒険者たちが、ここに集まって飲んでいるらしい。

とりあえず、俺は初心者迷宮で手に入れた魔石とアイテムを売ることにした。

「こんにちは、カチューシャさん。前にできなかった魔石と素材の買い取りをお願いします」

「いらっしゃいませ、イチノジョウ様、ハルワタート様。冒険者証明書を提出してください」

俺はハルの冒険者証明書をカチューシャさんに渡す。

そして、俺はアイテムバッグから、初心者迷宮で取れた魔石と、ゴブリン棒や蝙蝠の羽、スライムゼリーなどを出した。

初心者迷宮で手に入れたアイテムのなかで売らないのは、レアメダルとゴブリンソードだけだ。

カチューシャさんはそれらを査定するために少し席を離れると、背後から例の声がかけられた。

「相変わらず初心者迷宮か、大変だなぁ、初心者迷宮を稼ぎ場にするとほとんど稼げないだろ。彼女も可哀想にな、そんな貧乏人が主人だなんて」

昨日の拳闘士の男がちょっかいをかけてきた。昨日からずっと同じ場所にいるようだ。かなり暇人だな。

「言いたいのはそれだけか？」

「あん？」

「冒険者としても二流なら、挑発も二流なようだな。さすがは貴族様の小間使いといったところか」

「てめぇ、喧嘩売ってるのか」

「喧嘩を売っている人間が逆に喧嘩を買うのか？　こりゃ商売人としては三流だな」

俺は嘲笑し、

「やるならあっちの舞台でやろうぜ」

親指で肩越しに真後ろを指す。

決闘の舞台。

そこに自らの意志で上がった者は、たとえ殺されても事故として扱われる。

「なぁ、初心者《ルーキー》……いや、ルーキー《初心者》、舞台はこっちだぜ？」

「あっちは懲罰室よ？」

「俺たちの第二の故郷さ」

……頼むから、いまは口を挟まないでくれ。懲罰室が第二の故郷ってことについては、詳しく聞かないでおくから。

俺の提案に、拳闘士の男は大笑いした。

「まさか、お前のほうからそんな提案をしてくるとはな。俺の職業を見抜いておいて、そんなことを言ってくるとは思わなかった。こりゃオレゲールの旦那から報奨金がたんまりもらえそうだ」

……ハルを買おうとしている貴族は、オレゲールというのか。

とことん口が軽い男だ。

「イチノジョウ様、お待たせしました。合計三十二センスになります。お確かめください」

三十二センス……三千二百円か。安いか高いか判断できないが、いまはそんなことはどうでもいい。

俺は十枚銅貨の束三つと銅貨二枚を受け取り、アイテムバッグにしまう。

「カチューシャさん、舞台の準備を頼むぜ！　この坊主が俺と戦いたいんだとよ！」

「え？　ちょっと待ってください、イチノジョウ様は冒険者ですらないんですよ？」

「大丈夫だって、殺しはしないよ！　事故でも起きない限りな。それに、俺が申請すれば規則上は問題ないんだろ？」

そう言って、拳闘士の男は下品に笑った。

規則を持ち出されたら、カチューシャさんはもう口を挟むことはできない。

舞台を使う手続きをし、使用料は申請者である男が支払った。三十センス、銅貨三十枚だ。

そこそこ高いんだな。

そして、俺と拳闘士の男だけではない、ギルドにいた多くの客が一緒についてきた。酔っ払いたちは酒を持ってやってきている。

舞台は円形で、周りは草地。

観客席はない。四方を壁で覆われていて、外からは見えないようになっている。

「十分以内に決着がつかなければ試合終了ですからね、カッケさん」

カチューシャさんが言う。剣を草地に投げ捨て、舞台に上がった拳闘士――カッケという名前らしい――は、「十分も必要ないよ」と言う。

そして、俺も剣をハルに預け、舞台の上に飛び乗った。

俺が前に出ると、後ろから三人の男が舞台に上がってきた。

「どういうつもりだ？　一対一じゃないのか？」

「こいつらはお前が逃げないようにするための見張りさ」

「そうか――あぁ、そうだ。三十センス、借りを作るのは嫌だからな、返すぜ」

俺はそう言って、先ほどの銅貨三十枚を上に放り投げた。

男がその三十枚の銅貨を目で追った――と同時に俺は地を蹴る。

「なっ」

その、言葉ともいえない驚きの声が、男が二本の足で立って言った最後の言葉だった。地を蹴り前に移動した俺の掌底が、男の腹を打つ。

その一撃で、男は膝から崩れ落ち、そしてその背中の上に銅貨が落ちた。

「お……お前も拳闘士だったのか」

手加減してやったので、意識はまだあるようだ。

男はうつ伏せに倒れながら、

「へっ、保険を用意しておいて正解だったぜ。拳闘士は確かに強い、だがよ……魔法が弱点なんだ。覚えておきな……生きていられたらよ！」

カッケの言葉を合図に、「「「プチファイヤ」」」と魔法の声が聞こえ、背中から三発の魔法が俺めがけて飛んできた。舞台の上での魔法は、違反ではないがタブーだろうに。

そして――その三発が俺に命中した。

カッケは勝ちを確信したことだろう。だが――多少痛かったが、このくらいなら平気だった。

魔術特化職業にし、魔防は拳闘士単体の二十倍を余裕で超える。

あいつらが見習い魔術師だというのは、舞台に上がったときからわかっていたからな。

「いいか、魔法っていうのはこうやって使うんだぞ！　プチウォーター！　プチストーン！　プチウィンド！」

水、石、風の塊が三人の見習い魔術師にそれぞれ命中、全員を昏倒させる。

そして、俺は手を天に向け、「ファイヤー」と火魔法を放った。

巨大な火の玉が天に上がっていった。

【イチノジョウのレベルが上がった】

魔法を使ったことで見習い魔術師か魔術師、どちらかのレベルが上がったようだ。

そして、俺はカッケを見た。

カッケは天に上がっていく火魔法を見て、

「お、お前は何者だ……」

と、恐怖とともに疑問を投げかけた。

「お前に名乗る職業はないよ」

本当にないからな。

そして、俺はカッケの髪を掴み、恐怖で歪んだ顔を覗き込む。

「それより、オレゲールって貴族に伝えな、俺は臆病者だから逃げも隠れもする。でも、ハルを――俺の大切な人を傷付けようとする奴に容赦はしない。たとえ貴族でもな。だから、お前はメッセンジャーとして生かしておいてやる」

俺はそう言い残すと、

「スラッシュ！」

手刀を放った。

「ぐぎゃぁぁぁぁぁぁぁぁっ！」

カッケの左膝より下を斬り落とした。

……右腕が震えている。男の悲鳴が俺の鼓膜を震わせた。

カチューシャさんが、本来は俺のために用意したのであろう治療用の救急箱を持って、舞台に上がってきた。

酔っ払いが先に舞台に上がり、傷口にアルコールをかけていた。その消毒作業が、さらにカッケを痛めつけた。

カッケの悲鳴を聞きながら、俺は舞台を下りて、ハルの前に立った。

「ハル……ただいま」

ハルに微笑みかけると、ハルは少しつらそうな笑みで、

「ご主人様、あまり無理をしないでください」

と俺を優しく抱き締めた。

「無理をしたつもりはないいんだが」

「お願いです」

「……ありがとうな」

はぁ、もっと爽快に終わらせるつもりだったのにな。

実際の無双ってのは、結構疲れるものだ。

でも、この噂が少しでも広まれば、俺たちを挑発してくる冒険者も減ることだろう。

見せしめとして必要以上に傷付けたカッケに対し、謝罪するつもりはないが、それでもどこか申し訳ない気持ちになった。

やっぱり、これだけ騒ぎを起こせば、あまり長いこと町にはいられない。

中級迷宮の攻略はまた今度、ほとぼりが冷めた頃にすることにしよう。


舞台の上での戦いを、ジョフレとエリーズも見ていた。

「あいつ、あんなに凄かったんだな」

「凄かったね」

「世界って広いんだな」

「世界って広いわね」

ジョフレとエリーズは向かい合い、

「なぁ、エリーズ！」

「ねぇ、ジョフレ！」

ふたりは同時にお互いの名前を呼び、そして笑った。

言葉は交わさなくても、バカはバカ同士、なにを考えているのかわかったのだろう。ふたりはなにも言わずに、友人が経営している牧場へと向かって走り出した。

この戦いがふたりのこれからの人生を決定づけたことに、当然、本人であるイチノジョウは気付いていなかった。

閑話　～とある牧場主の愚痴③～

いったいどうしろって言うんだよ。

牧場の中にいる異物を見て、ガリソンは考えていた。

「よく食うよな、お前」

黙々と牧草を食べていたのは、馬でも牛でもなく、一頭のロバだった。

スロウドンキーと呼ばれる、人を襲うことは滅多にない種族のロバだ。

力はあるが、あまり速度は出ない。もともと山の中で育つ種族のため、坂道に強く、鉱山で働くことが多い。

そのスロウドンキーが、壊れた柵から迷い込んできたわけだ。

「いったいどこから逃げてきたんだよ、お前」

問いかけても勿論、返事はない。

このあたりは野生のスロウドンキーは生息していない。

となれば、十中八九誰かが飼っていたはずなのだが、鼻輪もなにも着けていない。

それにしても、よく食べるロバだ。

普通は草の上の部分だけ食べるので、放っておいてもすぐに草は生えてくるのだが、このスロウドンキーは牧草の根っこまで土ごと食べている。このペースで牧場内の牧草を食い荒らされたら、一カ月後には、ここは草地ではなく荒れ地へと様変わりしてしまうだろう。

そんなことになれば、被害は甚大だ。

「おーい、ガリソン！」

「遊びにきたよ！」

ガリソンは半眼でジョフレとエリーズを見た。

「なにをしにきたんだ？」

「あぁ、借りていた金を返しにきたんだ！」

「なにを返しにきたって？」

「だから、金だよ！　ほら！」

ジョフレはそう言って、小さい袋を持ってきた。

銅貨五十枚程度だろうか？

そう思って袋を受け取り、その中身を見て驚愕した。

中に入っていたのは、銅貨ではなく銀貨だったから。

「おいおい、こんな大金どうやって稼いだんだよ！」

「おう、ちょっと知り合いと一緒に、中級迷宮の奥でフィッシュリザードの群れを退治したんだよ」

「フィッシュリザードの群れって、一匹や二匹じゃこんな額にならんだろ」

「うん、百匹くらい倒したかな？」

百匹って、そりゃ確かに凄い額になるな。

でも、百匹なんて普通に倒そうと思えば、一週間は迷宮の中に籠もらないといけない数だ。

とてもではないが数時間で倒せる数ではない。

いったい、どんな手段を使って百匹も倒したのだか。

「おう、それでさ、ほら！　フィッシュリザードのボスの肉、分けてもらったんだ」

ジョフレが取り出したのはトカゲの尻尾の肉。しかもかなりでかい。

フィッシュリザードの肉は俺も好きだからな。

こいつらにしては気が利くじゃないか。

「じゃあ、さっそく焼こう……か」

「「……あ」」

俺、そしてジョフレ、エリーズが声を上げた。

なぜなら、ジョフレが持っていたトカゲの肉を、スロウドンキーが食べたのだ。

草食のはずのスロウドンキーが、一口でトカゲ肉を咀嚼して飲み込んだ。

……なんて食欲だ。

呆気に取られていた俺だったが、

「おいおい、なんなんだよ、こいつ。えらい元気な馬だな」

「よく噛んで食べないとダメよ」

ジョフレもエリーズも別にトカゲの肉を取られたことを怒るでもなく、面白そうに馬――ではなく、そのロバを見ていた。

相変わらず度量だけは大きい奴らだな。

ジョフレとエリーズはそのロバを撫でながら、

「なぁ、ガリソン。俺たち、これから旅に出ようと思うんだ」

と相談を持ちかけてきた。

「旅に？　えらい急だな。どうしてだ？」

「ある男を見て思ったんだよ。俺にはこの町は狭すぎるってな」

「ある人を見て思ったの。私にはこの町は狭すぎるって」

確かに、こいつらにはこの町は狭すぎる。それだけは同意するよ。

もう、この町でこいつらのバカさ加減を知らない人間はいないからな。

「それで、ガリソンに馬を売ってもらおうと思ってな」

「ガリソンにいい馬を売ってもらおうと思ったの」

そして、ふたりは声を揃えて言った。

「「ガリソンなら信用できるから」」

お世辞でもなければ交渉術でもない。

ふたりの心からの声に、

（……だからお前らは嫌いだ）

ガリソンは心から思った。

まぁ、牧場主として、顧客の要望にできるだけ応えよう、ガリソンはそう思い、

「で、予算はいくらだ？」

「とりあえずこれだけだ」

ジョフレはそう言って、ガリソンに皮袋を渡し、

「俺たちは町の入口にいるから最高の名馬を連れてきてくれよな」

「歴史に名を残す名馬を連れてきてね」

ふたりはそう言って、町の入口に行く。

……はぁ、歴史に名を残す名馬って、ただの牧場になにを期待しているんだよ。まぁ、できるだけのことはやってやるつもりだが。

ガリソンはそう思い、皮袋の中を見た。

「全然足りねぇぞ、おい」

こんな値段で馬を売れば、こっちは大赤字になる。

と、そこまで思ったところで、ガリソンは隣で草を食べているロバを見た。

ジョフレはこれを見て、えらい元気な馬だと言っていた。

「……こいつでいいか」

どうせ、すぐに失敗して帰ってくるんだ。

それなら、あいつらが無一文で帰ってきたときに、この金を渡してやればいいだろう。

ガリソンはそう思い、とりあえずロバの毛並みを整えてやることにした。

エピローグ

冒険者ギルドを出て、後ろから誰もついてこないことを確認し、俺は安堵のため息をついた。

少しやりすぎたなと自分でも思う。

馬車が出る時間までまだ少し余裕はあるが、いまマーガレットさんの家に戻り、そこを誰かに見られて、さっき気絶させた見習い魔術師が報復にきたら、店にも迷惑がかかる。

ここは素直に退散しようと思い、町の門近くの馬屋に向かった。

ここから乗合馬車が出るらしく、いまは無人の馬車がメンテナンスされていた。

幌も付いていない、荷車のような馬車だ。

まだ馬車には乗れないようなので、ベンチのような長椅子で待たせてもらう。

「ハルって乗り物酔いとかするタイプ？」

「いえ、大丈夫のはずです。一年前は酔いませんでした」

「そうか、俺は大丈夫かなぁ」

馬車の揺れは自動車の比ではないだろうからな。

こんな可愛い女の子の横でゲボゲボ吐いていたら格好悪いだろ。

そんな心配をしていたら、

「おーい、ルーキー《初心者》」

「待ってぇぇ！」

ジョフレとエリーズがやってきた。

その呼び方はいい加減にやめてほしい。

「俺の名前はイチノジョウだ、ジョフレ」

「そうか、じゃあ、ジョーだな」

ジョフレは即席で新たな渾名《あだな》を作り出した。

真っ白に燃え尽きそうなニックネームだな。

日本での本名はイチノスケだから、そんなニックネームを付けられるのは生まれて初めてだ。

「大儲けだったぜ。鱗百枚ぴったりでなんと八百センスになったんだ」

「しかも、大きな鱗が五千センスになったの。魔力実験の触媒になるって言ってたわ」

「合わせて五千八百センスだ」

「掛けたら四百万センスよ！」

「なら合わせて四百万と五千八百センスだな！」

ふたりはそう言って、銀貨五十八枚が入っているにしてはやけに軽そうな皮袋を取り出した。

掛ける意味もなければ、さらに合わせる必要もないだろうに。

てか、暗算速いな。実は賢いんじゃないか？

「でも、ギルドの依頼書を剥がしたから五百センスの罰金だったぜ」

ジョフレは笑いながら言った。

訂正、やっぱりバカだった。

「よかったじゃないか。五千三百センスも残って」

「あぁ、盗賊やってた罰金四千百センス返しても千二百センスも残ったぜ」

さらに報酬額が減った。

まぁ、そっちも自業自得なので同情はしない。

「一年は生活できる大金よ」

千二百センス……十二万円で一年か。普段から結構節約生活はできているらしい。バカップルで一カ月一万円生活をリアルでしているのか……凄いな。

「ありがとうな、ジョー！　お前に出会えてよかったぜ！」

「ありがとうね、ジョー！　今度会ったら一緒にお酒でも飲みましょう！　ハルもね！」

ハルにはお酒を飲ませたらダメだな、と思いながら、ふっと、俺の肩の荷が下りた気がした。

俺も、こいつらに出会えてよかったと思ってしまう。

「ま、千二百センス、もう全部使っちまったんだけどな」

あっけらかんとした声でジョフレが言った。

「全部⁉」

「ああ、馬を買って、旅に出ることにしたのさ。俺たちにはこの町は狭すぎるからな」

ジョフレが笑いながら皮袋をひっくり返した。

中には本当に一センスも入っていないようで、埃以外はなにも出てこない。

買い物も豪快なら、生き方も豪快だな。

なんともまぁ……買われる馬は憐れなことで。

そのとき、若い男が馬を連れてやってきた。

「ほらよ。もらった金だとこいつしか用意できなかったぞ」

男はジョフレとエリーズに馬を引き渡した。

「ありがとうな、あ、こいつはさっきの馬か！　確かに、俺たちに相応しい最高の名馬だな。エリーズには、かなわないけどな」

「格好いい馬だわ。毛並みも綺麗だし、強そうね。ジョフレには及ばないけど」

「――エリーズ」

「――ジョフレ」

「スラッシュ！」

抱き合おうとするふたりに、俺は思わず手刀を放っていた。

馬屋の主が連れてきたソレは断いていた。

小さな体、短い脚。

どう見てもそいつはロバだった。

「じゃあな、ジョー！」

「じゃあね、ジョー！」

ふたりは一頭のロバに跨ると、仲良くゆっくり去って……いかない。ロバが草を食べていた。文字通り道草を食っているようだ。

最後まで笑わせてくれる奴らだ。

馬車のメンテナンスが終わり、俺は運賃を先に支払って馬車に乗り込む。

代金はふたりで百二十センスだった。ほかにも幾人かが馬車に乗り込み、無言で座った。

「イチくーん！」

「お兄さん！」

もう少しで発車という時間に、マーガレットさんとノルンさんが走ってきた。

マーガレットさんの手には竹の葉で編まれたようなランチボックスが、ノルンさんの手には金属の太い筒のようなものが握られていた。

「これ、約束のお弁当よ♪ ふたり分作ってきたわ」

中を見ると、サンドイッチが入っていた。

とても美味しそうだ。

「お兄さん、これお茶です。ハルさんと途中で飲んでね」

筒だと思ったのは、どうやら蓋つきの鍋らしい。底の部分に煤がついている。この世界で水筒として使われているのだろう。

「ありがとう、マーガレットさん、ノルンさん。また必ず戻ってきますから、そのときはまた、ご飯をご馳走してください。その代わり、ちゃんとお土産持ってきますから」

「ありがとうございます、マーガレット様、ノルン様。ふたりから受けたご恩は白狼族の名にかけて、生涯忘れることはいたしません」

ハルはいちいち言うことが大袈裟だな。今生の別れってわけではないのに。

でも、俺もこのふたりに出会えてよかったと本当に思う。

そして、馬車は動き出した。俺は、ふたりの姿が見えなくなるまで手を振り続けた。

そして、後ろを向いていると、初めてこの世界に来たときに読めなかったアーチ状の看板が目に入った。

【迷宮の町で仲間と新たな出会いを！　ようこそフロアランスへ！】

その文字を見て、俺は隣に座っているハルと微笑み合った。

夕日に照らされるハルの顔がとても綺麗で、俺はすぐに視線をずらしてしまう。

馬車は南のベラスラへと向かう。

そこでいったいなにが俺たちを待っているのか？

まぁ、いまの俺なら就職以外はなんでもできるか。

そんな前向きな気持ちで、空を見上げた。

茜色に染まっている空の向こう側で、今日の一番星が輝いていた。

ハルが俺の横で、一番星を見上げ、手を合わせてなにかを祈っていた。
読心術のない俺には彼女の祈りの内容はわからないが、少なくとも、俺のスマホに毎日のように届いていたお祈りとは比べものにならないくらい大切なものなのだろうと思った。

～第二巻に続く～

閑章　ハルワタート

ハルワタートの人生が大きく変わったのは、十二年前のことだった。

父が仕えていた主が処刑され、そして父もまた、その主の罪に加担した重罪人として処刑された。

彼女と母は処刑だけは免れたが、それでも罪人として母はラコス島の監獄へ。

そして、彼女は五年にも及ぶ長い裁判と六年の猶予期間ののち、犯罪奴隷として売られることになった。

「すまないな……本当は俺たちがなんとかしてやりたかったのだが……教会のクソ爺どもがな」

ハルワタートを買う奴隷商人が決まり、そこに搬送されることになったその日。

彼女にそう声をかけたのは、十一年の間にすっかり毛が抜け落ちた四十歳くらいの魔術師だった。

彼は、ハルワタートがこうして奴隷に落ちる原因になったひとりではあるが、それでもハルワタートのことを最後まで親身に思っていてくれたことを、彼女は知っている。

彼には彼の立場があり、彼がハルワタートを引き取ることができないのも知っていた。

「気にしないでください。これまでお世話になりました」

ハルワタートは男に頭を下げ、そして馬車に乗って運ばれた。

生まれて初めて大陸を離れ、船に乗る。

もっとも船の中では、ほかの奴隷となる人たちと一緒に狭い部屋に入れられ、結局景色を見ることはできなかった。

彼女が思い出していたのは、彼女の父が処刑される日の前日。ある男の人の計らいで父への面会が許可された。

そこで父はこう言ったのだ。

『ハルワ。父はこの信念のもと、仕えるべき主人に仕えた。決して後悔はしていない。お前も、白狼族の誇りを絶対に忘れるのではないぞ』

父は多くは語らなかった。

ただ、その思いはしっかり伝わり、いまでもハルワタートの心の中に息づいている。

白狼族の誇り。

それは、主人への忠義だ。

誇りと思える主人を探すこと、それが白狼族の命題なのだと。

だから彼女は思った。

たとえ奴隷になっても、自分が仕えるべき主人を探すことは可能であると信じていた。

幸い、ハルワタートを引き取った国の法律で、奴隷商が扱う奴隷には、一年間のみだが主人を選ぶ権利が与えられる。

奴隷が出した条件を満たす者しか主人になれないのだ。

だから、彼女は奴隷商館「白狼の泉」の主人と顔を合わせて挨拶をしたあと、こう言った。

「マティアス様。私は、自分より強い相手にしか仕えたくありません」

その言葉に、先輩奴隷は呆気に取られていたが、マティアスは笑顔で頷いた。

「そうですか。幸いここは迷宮の町フロアランス。冒険者が来ることも多いでしょう。もしかしたらハルワタート——君の求める主人が、この町に現れるかもしれないね」

ハルワタートはその言葉にどれほど救われたか、言葉では言い尽くせない。

それから、彼女は主人が現れるまでの間、レンタル奴隷として働くことになった。

白狼族は生まれつき身体能力が高く、攻撃を躱す反射神経に秀でている。そのため、前衛での戦いでかなり重宝された。

そんなある日、ひとりの貴族に雇われ、初心者迷宮へと潜った。

何度も行ったことのある初心者迷宮だが、いままでで一番苦労した。

雇い主である男爵の息子オレゲール——彼がことあるごとに前に出て、魔物を攻撃しようとしては返り討ちに遭いそうになるのだ。

そのたびに付き人の執事が庇っていたのだが、ボスを退治し女神像に祈りを捧げた帰り道。

オレゲールは女神様からいただいたクリア報酬がタワシだったことに憤慨して、前をズンズンと歩いていた。

執事がもう少し後ろを歩くようにと言ったのだが、それが癪に障ったらしく、さらに彼の歩くペースが速まった。

そこに、一匹のスライムが飛びかかった。動きが遅いスライムであるが、ずっと物陰に隠れて獲物が来るのを待っていたらしい。

執事が庇うには距離が遠すぎた。

そこで、ハルワタートはその速度をもってオレゲールを庇った。

もともと彼女は鎧など着ていない。衣服など簡単に溶かしてしまうスライムの溶解液により、背中に激痛が走った。

「大丈夫ですか……オレゲール様」

ハルワタートはそう言いながら、背中にくっついていたスライムを握り——手にも激痛が走る——それを投げ飛ばした。背中の皮をだいぶ持っていかれた。風が吹くだけで激痛が走るだろう。

「スラッシュ」

ハルワタートは二本の剣で衝撃波を飛ばし、スライムを牽制。

スライムはゆっくりと去っていった。

「大丈夫ですか、ハルワタート殿。すぐに治療を」

「私は大丈夫です……それより、オレゲール様を」

ハルワタートは横で動かないオレゲールを見た。彼は腰を抜かして動けないでいた。

その後、白狼の泉に戻った彼女はポーションを飲み、傷が癒えるまでの三日間休むことになった。

マティアスから、補償金はもらったから気にすることなく休めと言われた。

それからだ。

オレゲールがハルワタートを買いたいと言ってきたのは。

先輩奴隷からは、

「貴族様に買っていただけるのは奴隷全員の夢。上手くいけば玉の輿も夢じゃない」

などと言われたが、彼女はそれを拒否した。

彼の強くなろうという姿勢には感銘を受けたこともあったが、独りよがりで執事の言うことを聞かずに傍若無人に振る舞っていたその姿は、彼女の夢見ている主人像とは正反対のものであった。

それからだ。

ハルワタートをレンタル奴隷として雇おうとする冒険者が現れなくなった。

貴族が圧力をかけたのだと知ったのは、すぐのことだった。

マティアスは気にしなくてもいいと言ってはくれたが、周りの奴隷からは白い眼で見られる日が続いた。「仕事をしない役立たず狼」と悪口を聞こえるように言う者も現れた。

それでも彼女は父の言葉を胸に、仕えるべき主人を探そうと心に決めていた。

そのためには迷宮に行き、多くの冒険者を見て自分が仕えるべき、自分を必要としてくれる主を自らの手で探さないといけない、そう思った。

だが、その機会に恵まれることもなく、時だけが残酷に過ぎていく。

このままでは一年が経過する。

もしそうなれば奴隷から主人を選ぶ権利が消失し、おそらくはあの貴族に買われてしまうだろう。

もしそんなことになったら——認めていない主に仕えるようなことになるのなら、死んでしまいたい。

だが、彼女のしている首輪はそれを許さない。

奴隷は全員、自害を禁じられている。そう命令されている。

絶望の足音が背後から近付いてきている。

そう思っていたある日、ハルワタートを雇いたいという者が現れた。

マティアスの説明では、冒険者ギルドにウサギを売りにいく簡単な仕事だった。

レンタル時間は十時間。冒険者ギルドに行くだけにしては長すぎると思ったが、マティアスが、

「最後になるかもしれないんだ。彼が許すなら羽を伸ばしておいで」

と優しく言ってくれた。

奴隷になったことも、主人が見つからなかったのも不幸ではあるが、マティアスの店に買われたことだけは幸運だったと、ハルワタートは心から思った。

マティアスが紹介した人は、彼女と同い年くらいの黒髪の男だったが、マティアスの持っていた書類が少し見えて、実は自分よりも三歳年上だということに驚いた。黒髪はこの大陸では珍しく、どこか父の仕えていた主人を連想させる。

「よろしくお願いいたします、ご主人様」

自分より弱い人を主人と呼びたくない。そう思っていたはずなのに、なぜだろう。

どうしてかはわからないが、この男を主人と呼ぶのに、ハルワタートはあまり抵抗を覚えなかった。というより、自発的にご主人様と言っていた。

それが匂いによるものだと気付いたのは、すぐあとのことだった。似ていたのだ。父が仕えた主人の匂いと、目の前の男の匂いが似ていたのだ。

その後、ハルワタートは男と一緒に冒険者ギルドに向かった。

本当は迷宮に行きたかったのだが、白狼族はその種族柄、仕える主人の行く場所が自分の行く場所であると思ってしまう特性がある。

一度主人と認識してしまった男に、ハルワタートは行き先を変えさせることなどできるはずがなかった。

結局、冒険者ギルドでウサギを解体したあと、彼女は男と一緒に露店で昼食を食べて帰った。

それでも、僅かな時間だったが外の空気を吸えて楽しかったと彼女は思い、自分の部屋へと帰った。

これから、彼女の運命を変える出来事があることなど知らずに。


その日の夜。

就寝の準備をしていたハルワタートをマティアスが呼び出した。

なにごとかと思っていたら、昼間の男が待っていた。そして彼は事情を説明した。

ノルンという女性が迷宮に入ったまま帰ってこないから、その捜索の手伝いを頼みたいと申し出たのだ。

しかも、ハルワタートを借りる条件として、金貨四枚の保証金を提示した。

白狼族の鼻は獣人のなかでも一際利く。彼がハルワタートに助けを求めたのは正しい判断といえるだろう。

だが、彼は冒険者ではない。迷宮の中に一緒に行くのは無謀にも思えた。

どうしてそこまで彼女を助けようと思うのだろうか？　ノルンというのは恋人なのだろうか？

そう尋ねたら、彼は、首を横に振って否定した。

「助けたいって思ったからだ！　普通に考えれば俺みたいな素人が迷宮に慣れているであろう彼女を助けたいなんておこがましいにもほどがあると思うんだけど、そうせずにはいられなかった」

そのときだった。

ハルワタートは彼の持つ強い意志の力を見て、彼こそが自分が仕えたい主人だと心から思った。

そして、彼を主人にしたいと思ったと同時に、彼女は絶望した。主人となるべき人を見つけたことで、彼女はそのあとのことが心配になったのだ。

もしも彼が自分の主人になったら、貴族が黙っていないのではないか？　彼に嫌がらせをするのではないか？

そんな不安が一気に彼女の心を呑み込んでいった。

それから、ふたりは初心者用の迷宮を、ノルンの匂いを頼りに進んでいった。

そして、ハルワタートはますます彼に魅入られていく。

戦いのなかでの成長速度もそうだが、自分のことを奴隷としてではなく対等の人間として接してくる、その姿勢にも好感を持った。本当はもう少し偉ぶってくれたほうが彼女としては嬉しいのだが、その優しさがどことなく父の仕えていた主人を思い出させる。

あの人も優しい人だった。

部下の娘でしかないハルワタートに、文字だけではなく世界のさまざまなことを教えてくれたのも主人だったし、母ともよく一緒に料理などをしてハルワタートに味見役をさせてくれた。

いまとなっては恐れ多いことなのだが、ハルワタートにとって主人は母と同じであり、自分には母親がふたりいるみたいな感覚だった。

母にもあの人にも、もう二度と会うことはできないが、それでももう一度お礼を言いたい。

心からそう思っていた。


その後、彼とハルワタートは盗賊のアジトを突き止め、ノルンを救出することに成功した。

だが、ふたりを待っていたのは盗賊の頭だった。山賊という、犯罪職のなかでは上位職のひとつとして数えられる強敵であり、中級職の剣士であるハルワタートは勿論、冒険者として駆け出しである彼にもかなう相手ではない。

せめて彼だけでも逃がしたい。

心から思ったが、ハルワタートの願いは届かず、彼女は不覚にも気を失ってしまった。

そして、目を覚ましたとき彼女が見たのは、倒された山賊と、山賊を倒した彼の姿だった。

彼女がかなわなかった山賊を、彼がひとりで倒したのだ。

ハルワタートはますますショックを受けた。

彼がハルワタートの主人になっても、彼にはメリットなどひとつもない。

そう思ってしまった。

その後、山賊を引き渡し、マーガレットの服屋のダイニングキッチンで、ノルンとマーガレット、彼、ハルワタートの四人で食事をした。

三人とも、ハルワタートのことを奴隷としてではなく、対等に接してくれて、ハルワタートはここを、とても暖かい場所だと思った。

最後に、貴族に買われる前にここで食事ができて幸せだったと、心から思った。

たとえこのあと貴族に買われ、一生外に出られず籠の鳥となるような運命が待ち受けていようとも、ここでの出来事を思い出せば生きていける。

おそらく、三人にとっては日常の風景なのだろうが、この風景を絶対に忘れない。

ハルワタートはそう心に誓った。

にもかかわらず、彼女の幸せは思い出のまま終わることを許さなかった。

「俺は、ハルのことを身請けしたいと思っている」

彼の口からそんな言葉が発せられたのだ。

喜びと不安が心を渦巻く。

ハルワタートは考えた。

いますぐ了承し、彼のもとで仕えたいと。

だが、貴族の圧力のこと、彼が冒険者として生きていけること、そのふたつが彼女を締めつける。

ハルワタートは首を横に振る。

自分と一緒にいたら、どれだけの被害が彼に出るか。

その結果、自分が嫌われてしまうことが怖い。

彼女は思っていたことを正直に告げた。

だが、彼はハルワタートに尋ねた。

「俺がいま聞きたいのは、ハルがどうしたいか、だ。貴族の力も、俺の考えも関係ない」

その言葉の答えなど、彼女は考えるまでもなかった。

彼女が考えたのは、自分が答えたら彼がどうなるか、それだけだった。

それでも、なぜだろう。いま、このとき、彼にすべてを委ねてみたい。

心からそう思った。

そして、それがおそらくは父の言っていた忠義の始まりなのだろうと。

「私は、ご主人様と一緒にいて……よろしいのですか」

目から涙が零れ落ちた。

「こっちから頼む。俺と一緒にいてくれ」

その日、彼女は世界一幸せだっただろう。

こうして、ハルワタートは彼に仕えることになった。

その日の夜。

マーガレットの服屋の空き部屋でひとり、ハルワタートは祈りを捧げていた。

彼女は月を眺め、感謝した。

「ありがとうございます、ご主人様」

彼女の新しい主人に感謝を捧げる。

彼に出会えたことが、いままでの人生のなかで一番幸せだった。

「ありがとうございます、女神セトランス様」

彼女が信仰する戦いと勝利の女神。

出会いたい主人と出会えた幸運に心から感謝したい。

そして――

「ありがとうございます」

彼女は告げた。

かつて父が仕え、ハルワタートも慕っていたその者の名を。

「魔王ファミリス・ラリテイ様」

彼女が祈りを捧げているその姿を、綺麗な月だけが見ていた。

女神の管轄外のプロローグ

一之丞が異世界に旅立った、その日の夜のことだった。

タワーマンションの三階の一室、兄のために用意していた食事を黙々とゴミ袋に捨てている少女がいた。

楠ミリ。

一之丞の唯一の家族である中学生の少女だ。

彼女は用意した夕食を、皿から自治体指定のゴミ袋の中に移していた。

その目には生気がまるで感じられない。

そのとき、手を滑らせた。ハンバーグの乗った白い皿が落ち、テーブルの下に敷いていたカーペットの上に落ちた。

皿は割れなかったが、ハンバーグのソースがカーペットに広がり、どす黒いシミとなって広がっていく。

ミリは皿をテーブルの上に置き、落ちたハンバーグを手で掴んでゴミ袋に入れた。

すべてのおかずをゴミ袋の中に入れると、彼女は残った食器類を洗っていた……が、その皿は急に消えた。

洗い終えた食器類がすべて消え失せた。

そして、ミリはそれに対してなにも感想を持たず、今度はスカートのポケットから一枚の写真を取り出した。


彼女がその異変に気付いたのは、夕食の準備を終え、その写真を見たときだった。

その写真はミリが中学校に上がったとき、兄と一緒に撮ったモノであり、一之丞が最後にミリと撮ったモノでもある。スマホで撮影し、それを写真屋で印刷してもらったのだが、少し自撮り棒が映り込んでいるし、兄は半分目を閉じていたしで、まともな写真ではない。

だが、それはミリにとっては思い出の写真——いや、思い出そのものであった。

にもかかわらず、その写真からも兄の姿は失われ、なぜかひとりしか被写体がいないにもかかわらず、その被写体を中央に映さないという不自然な写真となっていた。

その後、引き出しの中にあった古い住民票を取り出した。

理由は忘れたが、父が生前に取ってきて、結局使わなかったものだ。

本来なら三つ目に楠一之丞の名があるはずなのだが、そこにあったのは楠ミリの名だった。

ミリは携帯電話を取り出し、親戚の叔父に電話する。家に遊びにきたことのある同級生にも電話する。隣の部屋のおばさんとも話した。

今日話した人、会った人、誰もが楠一之丞のことを忘れていた。

いや、違う。

ただ忘れているのではない。最初からそんな人など知らない、そういう感じで振る舞っていたのだ。

　そして、ミリは理解した。

　もう、兄はこの世にはいないのだと。

　比喩的な表現でも、慣用的な表現でもない。

　本当の意味で、兄はこの世界には存在せず、別の世界――アザワルドへと旅立ったのだと、ミリは悟った。

　兄がこの世界にいた痕跡が、自分の記憶を除き、すべて失われたのだと理解した。

　ミリは恨みがましい目で虚空を見詰める。

「私からおにいを奪ったこと、絶対に許さない。絶対に」

　殺意と憎悪を瞳に浮かべ、彼女は部屋を出て夜の町へと向かった。

　失われた兄の痕跡を探すために。

　彼女は呟く。

「絶対に許さない」


　ミリは自分から兄を奪った犯人を呪うように言った。

「絶対に許さない……女神め」

そして、ミリは自分しか映っていない写真を破り捨てた。
彼女の影から延びた闇の触手がその写真を呑み込んでいった。
誰も見ていないマンションの廊下で。

（第一巻　了）

特別企画

成長チートでなんでもできるようになったが、無職だけは辞められないようです

キャラクターガイド

ちり氏によるキャラデザとともに
「成長チート 1」の登場人物をご紹介！

Illustration：ちり

イチノジョウ

楠《くすのき》　一之丞《いちのすけ》

「いまの俺は無職。
しかも弱い、
ただの雑魚だ」

＊妹のミリとふたり暮らしをしていた、20歳・無職の日本人。
＊暴れ馬の群れに巻き込まれて死亡するが、異世界に転移。
＊2柱の女神から「取得経験値20倍」「必要経験値1/20」という、ふたつの天恵を授かる。

ハルワタート
（ハル／ハルワ）

＊白狼族の剣士。狼耳、狼の尻尾を持つ。
＊イチノジョウと出会ったときは、奴隷商館「白狼の泉」のレンタル奴隷だった。
＊普段はポーカーフェイス。でも尻尾で機嫌がバレバレ。

「私は、ご主人様と一緒にいて……よろしいのですか」

楠《くすのき》 ミリ

「さすがおにい。
ミリのこと
わかってるねぇ」

＊一之丞の妹。明るくて、しっかり者の中学生。
＊スキヤキアイスと昆布出汁湯豆腐プリンを愛する、真正ゲテモニスト（造語）。
＊株式投資で億単位の金を動かすスーパー少女だが、実は……？

ノルン

＊迷宮の町フロアランスの門番を務める見習い槍士。
＊青い髪と青い瞳を持つ、優しく明るい少女。
＊マーガレットの家に下宿中。

「ようこそ、
迷宮の町、
フロアランスへ」

マーガレット

＊迷宮の町フロアランスで服屋を営む裁縫士。
＊筋骨隆々の肉体、青いひげ剃りあとにドレスが似合う（？）、面倒見のいいオネエさん。
＊元拳闘士の冒険者だが、相棒の死を機に引退した。

「はーい、いらっしゃい！
まぁ、可愛らしい
男の子ね、私のタイプ」

ジョフレ

＊赤いツンツン髪の見習い剣士。エリーズの恋人。
＊お調子者で無自覚な小悪党だが、憎めないタイプ。

「エリーズ、勝負は
俺の勝ちのようだね。
君の唇は俺のものさ」

エリーズ

＊青いロングヘア。自称：魔物使いの鞭使い。ジョフレの恋人。
＊はた迷惑で無敵な恋する女子。

「もう、ジョフレ……今度こそあなたの唇を奪えると思ったのに」

コショマーレ

＊成長と豊作を司る、オーク似の女神様。
＊イチノジョウに「取得経験値20倍」の天恵を授ける。

「誰がオークだい。私は女神だって言ってるだろ」

あとがき

はじめまして。先月発売の『異世界でアイテムコレクター』第一巻（以下『アイコレ』）をお買い上げくださった皆様はお久しぶりです。時野洋輔です。といっても『アイコレ』のあとがきをご覧になった方は理解していると思いますが、あのあとがきのあと、すぐにこのあとがきを書きはじめているので、全然お久しぶりという感覚はないですね……。

改めまして、このたびは『成長チートでなんでもできるようになったが、無職だけは辞められないようです』第一巻をお買い上げくださいまして、誠にありがとうございます。この作品はクラウドゲート様主催の第4回「ネット小説大賞」において、『アイコレ』とともにW受賞し、さらに金賞という名誉ある賞までいただき、こうして書籍化することになった作品です。

タイトルが長すぎるよ！　という方は『成長チート』とか『成長無職』って呼んでください。私もたいてい『成長チートで（以下略）』って書いています。

いつも迷惑をかけている担当編集者様、本を仕入れてくださった書店の皆様、素敵な絵を描いてくださった「ちり」様、ネット上で応援してくださる方々、なによりこの本を手に取ってくださったすべての皆様、誠にありがとうございます。

さて、来年には出るであろう次巻予告！

新たなヒロインが出現！　今度は年下の女の子？　さらにジョフレ&エリーズも変なところで登場し、事態をややこしくする。問題は第二巻該当部分にサービスシーンが少ない！

作者はここで宣言する！　第二巻でサービスシーンを追加することを！　そしてあわよくばそのシーンをちり様に描いていただく！
それでは、次巻予告が作者の決意表明に変わったところで、このあたりであとがきを終わります。『成長チートで（以下略）』の第二巻、もしくは『アイコレ』の第二巻のあとがきでお会いできる日を楽しみにしています。

時野「『お会いできる日を楽しみにしています』と。……あとがき上がりました」
担当「あとがき五ページをお願いしたはずですが。三ページ足りませんよ」
時野「ぎくっ、ほら、そこは『本当のあとがきはあなたの心の中に』ってことで」
担当「三ページ分は読者さんの落書き帳にしてもらうってことですか？（怖い声で）」
時野「……じゃ、じゃあ、『アイコレ』の主人公とヒロインにこの作品について三ページ分語らせるとか、どうですか？（内心では絶対ＮＧだと思いながら十分で書いた原稿を提出）」
担当「（難しい声で）ちょっとこのネタは……上と相談しますね」
～一週間後～
担当「上から許可が下りましたよ。しかも、上だけじゃなく○○先生も乗り気になって、特別に書き下ろしを書いてくれました。よかったですね」
時野「……え？　マジで？」
コーマとルシルのほかに誰が出てくるのか？　衝撃のあとがき劇場はこのあとすぐ。

特別おまけ　あとがき劇場

ルシル「『異世界でアイテムコレクター』をお買い上げくださいまして、ありがとうございます」
コーマ「ちげぇよ！　これは『成長チートでなんでもできるようになったが、無職だけは辞められないようです』だよ！　ここから読みはじめた読者が表紙二度見するだろ！」
ルシル「タイトルが長すぎるわね。いったい何文字よ？」
コーマ「読者が本当に数える前に教えると、読点含めて三十六文字だ」
ルシル「なるほど、七十二財宝の半分というわけね」
コーマ「なにがなるほどかわからないが、自己紹介と、俺たちがここにいる説明が必要だな」
ルシル「私たちは大人気小説『異世界でアイテムコレクター』の主人公&ヒロインよ。そして、私たちがいる理由はページ数が少しあまって、あとがきで全部埋めるのもあれだし、それならほかの作品の主人公たちにこの作品について語らせよう！　ってなったわけよ」
コーマ「そのわりには全然語っていないけどな。これまで語ったことはタイトルが長いってだけだ」
ルシル「だって、私、この作品三秒くらいしか読んでないし」
コーマ「おい、それならなんでこの仕事を受けたんだよ！」
ルシル「あとがきから読みはじめる人もいるわけだし、過度なネタバレはできないじゃない？」
コーマ「じゃない？　とか言って自分を正当化するな！　ただ読んでないだけだろ！」

ルシル「まぁまぁ、一番悪いのは私たちのキャスティングを許可した編集ということよ」
コーマ「悪いのは間違いなく、お前とこの作者だな」
ルシル「それなら、今度はソウジロウと蛍をキャスティングしましょう」
コーマ「同じレーベルだからって、今度発売の『魔剣師の魔剣による魔剣のためのハーレムライフ』の主人公とヒロインの魔剣をキャスティングしようとするな！　無理だろ！　常識的に考えて！　俺たちと違って作者は別の人なんだし！」
ルシル「タイトルが長すぎるわね。いったい何文字よ？」
コーマ「ほかの作者のタイトルの長さまでイジるな！　ちなみに読者が数える前に言うと二十二文字だから、こっちよりは短いよ。あぁ、もう、伏（龍）先生ごめんなさい！」
ルシル「別に謝らなくていいわよ。こうして伏せ字もなくタイトルを使えている時点で、許可はもらっているんだろうし」
コーマ「お前、本当に今日はメタ発言ばっかりだな」
ルシル「あ、もう時間のようね。じゃあ、最後に作品について語りましょうか。私ね、さっき三秒ほど本を読んで作ってみたの」
コーマ「作ってみたって、なにを？」
ルシル「干し肉」
コーマ「……あぁ、そうか。さっき突如として現れて、俺を狙ってる干からびたミイラはやっぱり干し肉か」

その後、コーマは例によって例のごとく、干し肉ミイラに追い回されたのだった。

～＊～＊～＊～＊～＊～＊

総司狼「あれ？　呼ばれたような気がして駆けつけたんだけど誰もいないな」
蛍「む……お前の動きが遅かったせいで間に合わなかったようだな。せっかく別世界のつわものとあいまみえるチャンスだったというのに」
総司狼「え？　ちょっと待って。それって俺のせいなの？　さすがに作品の壁を越えるのはなかなか厳しかったと思うんだけど……」
蛍「ふん、言い訳か？　修行が足りんな。お？　向こうで魔物に追い回されている奴がいるな。ちょうどよい、お前も走ってこい！」
総司狼「え？　え、えぇぇぇぇぇぇぇぇぇ！」
その後、干し肉ミイラにともに追い回されたふたりの男に友情が生まれたかは定かではない。

【Special Thanks】「総司狼&蛍」特別書き下ろし　伏（龍）先生

成長チートでなんでもできるようになったが、無職だけは辞められないようです 2
イラスト ちり
成長チートと無職チートで冒険を続けるイチノジョウ。白狼族の美少女ハルワタートとともに、女神トレールールの迷宮がある南の町ベラスラに向かうが!?
「ネット小説大賞」金賞受賞作、第２巻！
2017年1月 発売予定!
定価：本体1,200円+税

佐崎一路&まりもが贈るラブコメ&冒険ファンタジー
大陸の中央に広がる【闇の森】の端っこで、短い生涯を終えたブタクサ姫。ふと気付くと目の前にはひとりの魔女が。新しい命を得て、ついでに前世の記憶も取り戻した嫌われ者の少女の、新たな物語（とダイエットへの挑戦）が始まる!!
2016年 ③巻 10月発売!
①②巻 好評発売中!
リビティウム皇国のブタクサ姫
リビティウム皇国のブタクサ姫 2
佐崎一路
Illustration まりも
リビティウム皇国のブタクサ姫 1
佐崎一路
Illustration まりも
著者：佐崎一路／イラスト：まりも／定価：本体（各）1,200円+税

チートな最強美女をお供に塔を攻略して管理して発展させよう!
塔の管理をしてみよう
塔の管理をしてみよう 2
塔の管理をしてみよう 1
早秋 Sousyu
Illustration：雨神
好評発売中! ①～③巻
仕事帰りに交通事故に遭ったことから魂が別世界に飛ばされてしまった考助は、保護してくれた女神の助力により、これまでの記憶を持ったまま新しい世界で生きていくことに。チートな能力と六翼を持つ最強美女ふたりをお供に、攻略した冒険者がいなかった塔を(主に美女たちの活躍により)制覇した考助は、創意工夫を凝らしながら塔の管理を始めていく。
塔の管理をしてみよう 3
早秋 Sousyu
Illustration：雨神
著者：早秋／イラスト：雨神／定価：本体（各）1,200円+税

成長チートで
なんでもできるようになったが、
無職だけは辞められないようです 1

2016年9月22日 初版発行

【著　　者】時野洋輔

【イラスト】ちり
【編集】株式会社 桜雲社／新紀元社編集部／堀 良江
【デザイン・DTP】株式会社明昌堂

【発行者】宮田一登志
【発行所】株式会社新紀元社
〒101-0054　東京都千代田区神田錦町 1-7　錦町一丁目ビル 2F
TEL 03-3219-0921 ／ FAX 03-3219-0922
http://www.shinkigensha.co.jp/
郵便振替　00110-4-27618

【印刷・製本】株式会社リーブルテック

ISBN978-4-7753-1417-3

※ 本書は、「小説家になろう」（http://syosetu.com/）に掲載されていたものを、
改稿のうえ書籍化したものです。